旅人

胡晴舫

Traveller

Traveller

Contents

我站在生活的另一邊 011
自己的城市 015
旅行作為一種榮耀 023
階級旅行 029
旅行，一種移動的方式 033
陌生的鄉愁 037
大家說英語 043
生活在他方 049

文化菜色 053
鏡頭 059
我看見，一個天堂島 065
婚禮與葬禮 075
這裡那裡 077
語言 083
原味文化 089
偏見 095
他者的眼睛 099
旅人的眼睛 105
旅行家 113
月台疑雲 121
新年旅行 125
達弗斯旅人 131
達弗斯民族 139
達弗斯建築 147

世界是用來生活的 153
疆界 163
流亡者 169
偷渡就像旅行 181
世界的中心 187
舊報紙 195
超時空連結 201
在異環境中旅行 207
如何不帶燻鮭魚旅行 213
城市與鄉間 225
旅行作為一種離開 229
不可告人的旅行 237
當旅行的終點是死亡 247
等待 253
機場 257
我們為何旅行 263

我們還能夠如何旅行 271
恆河的一束光 285
盡頭 289
後記——我和我的小獵犬號 291

我站在生活的另一邊

不知道什麼時候開始，我成為一個真正的旅人。

雖然在台北有一個家，在香港有一層公寓，在巴黎有一處落腳，我卻很少在同一個城市待上很長一段時間。

我總是在路上。

帶著我的旅行包，穿著一成不變的衣服。香港公寓的衣櫥裡放置了少女時代迄今的我的衣服，其中很多我已經不碰了，不是式樣過時，不是料子不好，純粹是因為不適合旅行。

能夠帶著旅行的衣服就是那幾件。於是，我老是穿同樣的衣服，出現在不同背景的城市。彷若一個演技拙劣糟糕透頂的演員，無論出現在哪，還是只懂得同一齣戲碼。

每天，我還是上街。像個普通人過著正常日子。去該城市裡人們喜愛的菜市場選上一袋水果；去他們會去的書店買書，讀他們的報紙；去他們會去的咖啡廳喝咖啡，學他們觀看路上的人潮；去他們會去的聚會認識一些新面孔，談著城裡正流行的話題。有時候，我也會去他們的辦公室稍微談點所謂的正事。

生活，依然散發一股親切的熟悉感。把我很快拉融進入每一個城市人們的圈子。只要有太陽升起的地方，就會有陽光。只要每一個城市的人們都會起床後刷牙，搭乘交通工具，喜愛喝茶喝咖啡，也重視美食，也偶爾擦鞋，報章雜誌不離譜地提供足夠的訊息讓我們交談，他們都會視我為他們生活中的一分子。

即使我在這座城市沒有一件家具，僅擁有單調的時裝展示能力，對城市的過去只有書面的理解，對未來也無法參與，而我在這個城市裡彷彿有模有樣的生活樣態，不過是我快速模仿他們的粗糙成品。可是，他們還是從我沒有歷史的速成習慣和不熟練的行為舉止，認出他們自己的生活，而露出喜悅，寬大接納了我。

我也以為我已經融入了他們的生活。有了相同的生活，就能得到相同的靈魂，有著相同的感受，或許，如此可以行得通。而人們離開我於城市的街道上，跟我道別，回到他們的家具和他們的衣櫥，裡面裝滿他們從小到大穿過的衣服和舊相片簿，我明白，我和他們之間，畢竟只是雷同，而不是百分之一百的相似。

依然，我站在他們生活的另一邊。

我想起那距離我幾萬里之遙的衣櫥，特別思念起一件寶藍色綢裙，和一個我，在維多利亞港無所感地生活。

透過一個旅人的照相機，攝下了我正隨海風飄動的頭髮。

自己的城市

他要我為他描述我所居住的城市。

我思度了一會兒，想要提幾個形容辭，臨出口前決定改成學術字眼，想想，又放棄了文學說法，也不知道列舉城市活動是否合適。最後，竟是一陣沉默，我只是微笑，一時之間，無法尋著一種簡明扼要的方法，直接有力地陳述我對自己城市的印象。

如同，有人問起，「您的母親是怎麼樣的一個人？」如果他詢問我對某個政治人物、電影明星、社會名流、鄰居、同事、小學同學、上司、店員及其他任何一個熟識的印象，我都能不加思索，立即找到一個適切的語詞說明對方的長相性格特徵。也許粗暴，也許不正確，但至少能夠是反應快速的。但是，問起我的母親，一個世上與我最親愛的人時，我的回憶卻是模模糊糊，不但對若干相處細節的記憶感到缺乏自信，連她的臉孔也不怎麼能憶起。甚至，用幾個簡單輕率的辭句去結語我對她的總體印象這件行為，讓我感到害怕，彷彿是天大的不敬，可怕的褻瀆。

我遲疑著。不能對那座城市有著清明冷靜的觀察，無法像提起一個漠不關己的遙遠城鎮，帶著只為了充實一段社交談話的內容那般輕薄的目的，輕輕鬆鬆去講到我的城市。心頭上沉甸甸壓著一層厚重的雲層，城市是躲在雲朵後面的太陽，似乎想讓我看見又不想讓我看見地探頭探腦。

當我終於開口講述，我發現自己小心翼翼在揀字篩辭，刻意閃躲掉那座城市平時常常令我不滿的缺點壞處；眼前浮現醜陋雜亂的市容，我趕緊搖頭閉眼晃走那幅不悅景象，企圖將視線拉到比較不礙眼的角落；我努力在腦海裡搜刮來許多令人動情的生活小枝節，誇大，增添色彩，讓那座城市聽上去活潑友善，可愛，迷人，充滿各式特殊的樂趣。談著談著，我談出對方一臉嚮往的神情，自己莫名生出一股大膽的信心，更加熱烈地去描繪城市的美處。

跟著，像一個善於撒謊的人最後也信任了自己謊言的真實性，我也相信我口中所說的那座城市確實是我居住的所在。

然後，在一件小事上，我又頓住了。我實在記不起一條路的名字。雖然我天天沿著那條路開車上班，下工回家，來來回回，一遍又一遍，不必思索也能摸著路在正確的地方轉彎。我也想不出那條街上究竟栽種著什麼樣的樹。而，這會兒，我卻要向他描述，當春天來臨，我如何懷著喜悅心情，觀賞路樹油亮的綠蔭在亞熱帶陽光下閃爍發光，如同裡面藏住著成千上萬的迷你精靈。

我訝異，距離的遠近，居然能夠影響旅人對轉述城市記憶的把握程度。照理，越遙遠，旅人越不能輕易瞭解；越親近，旅人更能熟悉掌握。

可，不。

旅行的道理，如同瞎子摸大象。居住在自己城市的旅人，只見到自己城市的一隻大腿，一個耳朵，一把象牙。你專注在自己平時生活的活動範圍，陷於日常工作的及時完成，牽制於固定不變的人際關係脈絡之中。一個旅人，卻能夠拉開距離，看到大象的全貌。他能夠，對你的城市帶著研究的目光，不帶情緒地對你的城市進行去蕪存菁的工作。他有理智，可以抗拒城市不分青紅皂白的感染力；他有閒情，擔得起耗費時間精力，慢慢品味你的城市。

旅人對待城市的態度，就似上網瀏覽一樣，有興趣的網址點出來瞧瞧，沒有興趣的網頁，只消按一下滑鼠，就能去到更新奇的地方。沒有負擔。

他挑剔，選擇，評估，像對付一個可有可無的情人。隨時準備分手，而且有足夠的殘忍可以說放棄就放棄。

於是，距離遙遠的城市，只會對旅人留下美好的回憶，卻不能烙下苦痛的痕跡。因為，令他憂愁不舒適的城市是進不到他生活裡的。

旅人對待自己城市的態度卻像個老太婆追憶起自己的青春。無論當時遇得如何慘綠，怎麼難受，如今都只剩下珍惜的情緒。述說起來時，便無法抑止地叨叨絮絮，每個生命情節都拿放大鏡去觀賞，賦予過度的意義，似在撰寫歷史課本上的世界大事般慎重。因為，那是你親身活過來的。好，壞，都是你的。有一種說不清楚的情感，放在眼前會感到羞恥，捧在手心就會融化，留在心裡則讓你有想哭的衝動。

近距離的放大，只令視線朦朧，事物愈發一片霧茫茫，看不真切。當局者，總是最感困惑也是最陶醉的那一個人。

我與他握手道別。出自一種罪惡感，我沒頭沒腦地說：「其實，我的城市沒我說得那麼美好。」

離家已久的他，露出理解的笑容，「我每次回家，都會燃起一種類似幻滅的感覺。距離，讓我把它想像得比實際上好太多了。當我回去時，一些我忘記了的不愉快經驗都會再度化為現實，降回我的身上。」

「您不覺得，自己的城市就像我們的老媽一樣，總教人又愛又恨。」他對我擠擠眼，表情憂傷，同時因感到一種隱約的幸福而放出光彩，「有她在，嫌嘮叨嫌煩，沒她在身邊，又覺得空虛，好像少了一件什麼很重要的情感倚靠，讓人失魂落魄。」

旅行作為一種榮耀

　　當哥倫布破浪出航的那一天，他夢想著遠在世界另一端的奇風異土、珍禽異獸、瑰寶稀石。他夢想發現一片新天地。

　　而那片新天地能夠使他回到舊世界的時候獲得權力金錢和不朽的聲譽。

　　做一個冒險家，哥倫布的夢想仍是牢牢扎根在他出身的世界。哥倫布想取悅的君王不是異國的大君，而是出發地的帝王。唯有後者，才能夠真正給他榮耀。

就算去到世界的另一端，旅人終究還是會返回來。不然，就沒有「人」會知道他的勇敢、他的發現、和他的睿智了。

旅行不僅僅只是將我們的身體帶往遠方，刺激我們的官能，讓我們成長。旅行更大的功能是影響我們在自身社會的地位。美洲的一個印地安部落，剛成年的印地安少年，其弱冠之禮即獨自一個人逐放於人煙完全未至的原始深山。只帶一支弓和幾根箭。幾近赤身露體與天地接近。或許幾天，或許幾個禮拜，年輕人會感到某種類似天啟的靈感，然後，回到部落，宣布自己的啟蒙。從此，這名年輕人將正式成為部落的重要成員，共同參與決策及捕獵行動。

對很多人來說，每一趟出遊，都像是尋找天啟的旅程。找到了天啟，回到部落，就能展示自己的優越性。口說無憑，最好還有些證據。於是每一代的哥倫布就不斷從另一個世界搬東西回到自己的世界：瑪瑙、香料、絲綢、鑽石、烏木、織品、金銀幣、工藝品。一箱又一箱，一船接一船。

除了實際的經濟利益，更重要的是，作為一種旅行的證據。證明你真的去過你所描述的世界。證明你的眼界確實開闊，證明你的經驗果然豐豔，證明你跟原來社會裡的鄉巴佬完全不相同。從此，你可以站在更高的位置說話。因為你知道，你懂，你清楚。你看過其他事物，是我們都沒有看到過的。旅行回來的人自豪又自信，旁人均投以羨慕又嫉妒的目光。

可是，活在一個大眾商業文化活躍的時代，一個旅人能夠展示特別的旅行證據，以示自己的品味獨特出眾，已經越來越難。有時候，在異地喜孜孜買到一項精緻物品，回到自己家鄉，才發覺是隔壁巷口那家不起眼的工廠所製造出口的。或，辛辛苦苦從另一塊大陸扛了兩隻民俗工藝品的椅子，沒多久，看見常常經過的中級家具店展示台上，好端端擺著相同的椅子。

世故的旅人只好開始往更冷僻的品味發展。觀光團不能再跟了，得自助旅行；羅馬不能再去了，得去南極；川久保玲不能再買了，得到青山道上右邊數過來第三個巷子的棕色大樓的地下室有一個不世出的天才設計師。

更多人學會了鄙夷。

「喔？你去了印度？沒看過貧民窟？那算去過真正的印度嗎？」

「什麼？還去紐約購物啊？你不知道現在流行米蘭嗎？」

「你未免太遜了吧？居然去了莫斯科沒喝他們的威士忌！白去了嘛！」……地名、文化、國家、人種，各式名詞在我們的嘴皮上滾來滾去。

我們證明了自己的價值，卻忘了這些名詞的真正意義。

階級旅行

你的階級從你的旅行方式開始。

頭等艙機票，上等手工皮箱，豪華禮車和穿制服的司機帶你往返機場。住進五星級飯店不足為奇，你的接待櫃台不在一般大廳，卻在更高的一個特別樓層；最好你的房間在七十樓以上，甚至需要鑰匙去啟動電梯按鈕。住進房間，第一件事就是拿起電話請他們送點心和飲料。確定你的菜單越複雜越好，不然便無法顯現出你的尊嚴。等待食物送來時，毫不留意地，你把洗澡水潑灑在浴室的一條喀什米爾手織踏毯上面。

經濟艙機票，大型登山背包，皮鞋根本不在你的旅行配備之中。你當然是穿著球鞋和牛仔褲。下了飛機，從沒想到計程車，你拿著你的自助旅行指南，想辦法找到地鐵或巴士站。你要住的旅館連旅遊手冊都沒有登錄。為了打電話回家報平安，你必須在半夜提心吊膽穿過三條空無一人的街道，尋找一架公用電話，因為旅館電話費用太高。無論去到哪個城市，你永遠吃麥當勞漢堡，喝便宜的飲料，所以可以控制預算。

這，只是經濟上的階級。如此階級區分，過度明顯到有點粗俗，十分清楚到無可置評。細微精緻的文化階級，等著考驗你的神經限度。

一個高級文化的旅行者，穿著刻意低調卻品味考究的衣裝，住進外表不顯眼但頗具歷史的老旅館，早餐室的一張桌子是半世紀以前費茲傑羅構思《大亨小傳》的地方。凡爾賽宮或龐貝城已經不可能進到你的旅遊行程之內。你剛去了一個沒有人聽過、聽過也念不出名字的小島，路過一個大城市只為了趕上一場你不想錯過的表演。

你更可以成為一個太具文化涵養以至於什麼都不在乎的旅人。穿著亂七八糟的行頭，如同剛從修車廠衝出來；皮箱破舊到無法補救的地步，你也不在乎它的拉鍊無法拉上，讓你的內褲出來透風。什麼古蹟名勝，你無所謂；你想知道當地的人怎麼生活又怎麼投票。看見當地女人用一種奇怪的器具在挖鼻屎，你沒有反應，因為你忙著詢問她們這裡的婦權情況。筆記本記滿你的想法，眼前的風景人事物不過是你印證腦海那個偉大理論的對象。

階級是身分。當一個旅人移動時，階級跟著旅行。透過你的機票艙位、手錶、皮箱和給小費的方式，告訴新社會裡的陌生人你的身分。

然，一個旅人的身分並不是能夠一廂情願保持不變。身分就像幣值，隨著國境改變而升高或貶低。身分向來不是自己能夠決定的。身分可以由你的信用卡額度或衣著決定，身分也會由你的護照、語言和膚色共同決定。一個菲律賓富商的兒子夾在一群日本觀光客之間去參觀韓國板門店，他始終不明白為什麼沒有人肯跟他說上一句話；一個來自法國鄉下的高盧人一輩子沒能好好交上一個像樣女友，到了台灣，發現自己即使坐在大安森林公園垃圾箱旁也有美女前來搭訕。愛因斯坦相對論的優越性在此展現，一段無人見證的歷史可能從不曾存在，一個旅人在異鄉永遠是一個零。

當旅人在陌生地路人的眼膜見不到自己身分的倒影，濃濃鄉愁隨即強烈襲擊了他。

禁不住，他想起那些他曾經努力忘記的臉孔。思念異常。

旅行，一種移動的方式

我正在移動。

樹木後退，跑道後退，地面後退，城市後退，海洋後退，雲朵後退。
雲朵迫近，海洋迫近，城市迫近，地面迫近，跑道迫近，樹木迫近。

旅行，是我移動的方式。

從上一個城市到下一個城市，飛機搬動著我的身體和我的行李。有時候，我搭火車，或開小型車。趕搭渡輪也是常有的事。交通工具林林總總，共同功能無非是將「我」移動。

「我」，包括一把牙刷、隱形眼鏡藥水、信用卡、衣物、書籍、藥品和一副旅遊萬用轉插頭。如果要移動一隻狗，只消把牠光溜溜丟上一種交通工具，到了目的地，提供牠的食物來源，也不需為牠預定旅館。

一隻狗上路，就是上了路。完全，徹底地，不回頭。

一個人上了路，卻留下一半駐在原地。另一半被整理得好好，裝在箱子裡，帶走。

二十一世紀的旅人不再是貝尼埃，不再是達維尼埃，也不會是曼努西。二十一世紀的旅人面對的旅行，甚至不再是真正的旅行。

只是移動。

沒有什麼未發現的大陸，沒有什麼神祕難得的香料，沒有什麼待征服的叢林，沒有什麼文明之外的人種，沒有什麼平常生活的邊緣，需要你的身體進入，直接承受強而有力的精神折磨。不論如何，你總有你的熱水、香皂、保養品和睡覺用的牙套。

你移動，所以你旅行。

帶回來大量的書籍、照片和紀念品。你甚至沒有時差問題。你精神奕奕坐在客廳，大聲談論著地球上其實已經跟你所居住的地區沒什麼差別的其他角落。你見識了人類用水泥包裹後的世界，並購買了人類自己製造的商品，拍了照片，你還寫了旅行故事。

圖書館裡蒙上灰塵的陳舊知識，被你缺乏理解地片段摘取，當作原創性的旅行證據，在傳媒上播放、在印刷機上印刷、在網路上傳遞。上帝坐在聽眾裡，手上握有你簽過名的書，忍耐著你的厚顏輕率。

你的無知成了重新發現世界的刀法。

是的，二十一世紀的旅人唯一還能旅行的依憑，是來自於我們個人的無知。在這個太陽底下再也沒有新鮮事的世界，現代哥倫布必得有一副天真的靈魂和貧乏的識見，他才能夠繼續他的旅行。繼續「發現」。

繼續移動。

移動身體。移動行李。移動你的照相機。在每一個城市留下信用卡刷卡記錄和穿舊的鞋子。

而，你的靈魂，遊盪於動與未動之間。

陌生的鄉愁

為什麼如此容易在一個陌生城市定居下來。有時候旅人也不免訝異自己的無情。那些曾經共同出遊談天的親暱朋友、曾經歡喜走逛的初春公園、曾經一去再去的家常飯館、曾經每天見面必打招呼的花店老闆、曾經消磨無數時光的書店、曾經依賴至深的小型超級市場，到了另一個城市，很快地，都找到了相同的替代。

居然，毫無困難。

旅人的生活模式並沒有因著新的居住環境而改變。他依然在同一個時間起床，依然到了周末就找尋朋友的相伴，依然重複去同一家小餐廳解決腹饑，依然喜歡在書店磨磨蹭蹭，依然固定倚靠某一間最靠近居家的小雜貨店供應日常生活中所有按照計畫或臨時起意的雜貨採購，依然會與做小生意的老闆站在路邊仰頭話天氣的難測，一起眼睜睜瞧見一顆顆雨滴從天空無中生有地直落落降下，打溼了腳底的地面，空氣中立即瀰漫了難以否認的熟知水氣。

旅人驚於自己的一成不變。生活習慣的難以消除，比廚房的頑垢更令人頭痛。這次，不是依賴一瓶清潔劑的正確選擇就可以消除。即便，離開了舊的城市，習慣，還是千里迢迢像個影子黏在腳底跟過來。

你並不會因為一個新的城市，就過起新的生活。

你也發現，沒有了老環境，持續舊生活所需要的元素並沒有因此缺貨。新的城市，完整地，提供了一切你曾經依賴至深或深惡痛絕的生活要素。萬事不缺。日日夜夜，你還是活得像一隻老狗。喝你的茶，嚼你的口香糖，買款式大同小異的鞋子，很快找到類似的朋友相處，選看類似的電影，連駝背的角度都不曾改變。

新的城市，迅速地，變成了舊的城市。

人與土地的感情，你驀然發現，並不在你的身上。紐約的公寓，新加坡的公寓，香港的公寓，開羅的公寓，北京的公寓，東京的公寓，對旅人來說都是公寓。無論竄到哪一個城市，你機械性地完成所有要將自己定居下來的生活條件，到銀行開戶、選租居處、換上自己喜歡的窗簾、放進一些符合經濟預算又能代表個人風格的家具，依自己的能力興趣盡可能找到一份不高不低的工作，你就開始過起日子。一樣擠交通，一樣上網，一樣吃飯，一樣洗澡，一樣墜入情網然後失戀，一樣在秋天來臨的時候認為那是城市最棒的季節，一樣到了年尾便熱切計畫下一年的新開始。一樣，慢慢老去。

你總有孤獨的時候，也有不孤獨的時候；總有喜愛這個城市的理由，也有不怎麼沉醉的批判觀點；城市裡有你渴望結交的靈魂，也永遠有你避之唯恐不及的人類。

你以為已經留在彼岸的日子，正一點一滴在新的城市復甦。而你渾然不覺有什麼不妥。

城市的誕生，截斷了人類與土地的絕對依存關係。柏油路、高架橋、汽車、銀行、提款卡、電腦螢幕、咖啡沖泡方式、購物中心總是放得過響的音樂、建築工地的鐵皮圍牆、長期施放空調的室內氣味、人工芳香劑味道和城市人類臉上自以為是的冷漠表情，這些才是你的鄉愁。

一回生兩回熟的城市街道，沒多久，你便彷彿打從一出生就在這些彎彎曲曲的巷弄間摸索，流利穿梭；安心在看似熟識實則陌生的咖啡館坐上三個鐘頭，於千篇一律的雨聲中閱讀；雨後，在潮溼的夜晚趕路回家，嗅著滴水樹葉發出的野生氣息，不時，仰頭從射出光線的窗戶尋找人聲的來源。就在城市陰影與全然黑暗之間，旅人遇見城市生生死死的規律節奏，並不動聲色地跟著律動。

生活，流暢如一曲不曾被打斷的樂章演奏。

離開舊城市時的大驚小怪，流得不能再多的傷感淚水，想像中應該發生的心痛，都沒有按照時間表進行。你只是住下來了。如一頭冬遷的動物，很快在異地找到適合自己的洞穴，撿取了些食物，便窩著等著春天的來臨。你生活得很好，竟沒有一點不習慣的寂寞。

而春天終將會來，夏天也不會因此消失。遠在下次冬季來臨之前，你早已在新城市住下來，牢牢鑲進你的生活框子裡，安穩而滿足。

新季節降臨的第一天，上街，我甚至錯認了一張臉孔，以為自己仍擁有與老朋友在城市裡隨機相遇的幸運。

大家說英語

夜間九點在西班牙南部格瑞那達鎮的一家酒吧，一名西班牙老婦人請我一盤小菜，企圖蓋過嘈雜人聲於是在我耳邊吼著：「為什麼不學西班牙文？那麼美麗的語文，不學多可惜！」她說的，是英語。

旅行的時候，我說英語。

沒有了英語，我不會理解飛機的逃生指示、無法在土耳其餐廳點菜、不能和印度小販殺價、搞不清怎麼在法蘭克福機場轉機、很難快速吸收克羅埃西亞的歷史、也不會交上法國朋友；甚至，找不到洗手間。

我說英語，別人也對我說英語。大家都說英語。

當所有人還在猜測巴別塔的真實性，「前巴別塔語」卻已經靜悄悄在全球復甦。英語，比中世紀歐洲的瘟疫更無法抵擋、蔓延速度更快，在後帝國時代繼續為大不列顛島建立更為鞏固的全球帝國。只不過，這一次版圖更大，經濟效益更高，征服聲勢更所向披靡——因為，這次，是人們主動歡迎英語的到來。不需一兵一卒。不需賄賂恐嚇。

關於英語的廣泛使用，其中沒有任何浪漫聯想。跟珍奧斯汀的閨秀文學無關，亞瑟王的石中劍也起不了作用，《權利法案》恐怕更是干卿何事。千萬別說因為莎士比亞的偉大，造就了英語的優勢。事實上，應該是英語的優勢造就了莎士比亞的偉大。在伊莉莎白時期的英國，莎士比亞的地位遠遠在博學多聞才氣天降的馬婁之下，多虧了大批意圖學習英語的外國人一時讀不懂米爾頓典故飽滿、遣詞複雜的《失樂園》，轉而觀賞擅長謀殺、通姦、復仇、愛情、死亡的通俗劇之王莎士比亞。外國人選擇了英國的莎士比亞，成就了一個全球性的文豪。

而正是這個偉大的通俗劇之王莎士比亞說，講另一種語文就好像擁有另一個靈魂。說英文的莎士比亞當然永遠不會有機會懂得他自己這句話的真正涵義，因為他不需要。世界已經拜倒在他的腳下。人們會自動學習英語，因為能夠理解哈姆雷特的丹麥而亢奮驕傲。雖然，這個丹麥同時證明了莎士比亞從來沒有擁有過一個異國靈魂。

沒有人在乎。因為，莎士比亞不只是莎士比亞，英語也不再單純只是英語。

身為一個中文為母語的旅人，拾取起英語，就像拿起一把鑰匙，每次一開口，鑰匙便開了一扇門。我的身分重新建構，我的思想重新定位，我的行為舉止重新塑造。我是我，也不再是我。外表是我，靈魂卻已經易位。

在香港，用英語點菜，總讓我得到更快速的服務；在馬來西亞，當地人發現說一口不差英語的我其實來自他們沒多大興趣的小島時，他們取消了原先答應我的折扣；在法國，平日獨尊法文的朋友在酒巡三回後坦白，其實他最羨慕別人能說流利英文，可以處處旅行；到了美國，紐約人當我是日本觀光客，直到我開口說英文，他們的態度驟時鬆懈，隨意與我話家常。

轉換語言系統，就像進出不同身分。如川劇裡的變臉師傅，放下中文臉孔的決定，不僅僅是一個美學的思考，更多時候，是一個世故旅人的實際考量。

旅人用英語得到觀光資訊，也利用英語得到旅遊優勢。開口說了英語，彷彿立刻沾光了一個透過舊帝國政治軍事勢力及新帝國科技經濟實力所架構出來的語言菁英階級。當年純粹熱愛文學而熟讀Ｅ．Ｍ．佛斯特小說的十六歲女孩，被一個冷靜體認全球現實的三十歲女人所取代。她理解，只要她能說接近標準的英語，她就能在印度南部喝到一杯菜單上沒有提供的檸檬冰茶。英語，能讓和善的印度人溫馴地為旅人做任何事情。任何事情。

語言是一種權力。英語的權力則是魔力。一種透過全球帝國主義滋養出來的文化魔力。

不過十五分鐘，西班牙老婦人灌下一大杯啤酒，又點了一杯白蘭地，嚼著紅酒洋蔥醃過的蘑菇，她對著正在啜柳橙汁的我搖頭，「不喝酒又不講西班牙文，妳真不知道自己錯過了什麼！」

生活在他方

朋友對我的提議都沒有興致。

我想去見識博物館，探尋歷史地點，逛逛著名商店，找幾家好吃的餐廳。他們揮揮手，有氣無力。

我只好自己當一名俗氣的觀光客。背著相機，站在路口攤開地圖，在該過馬路的時候停下來觀賞對面的建築物。同時間，在這座城市過生活的人們擦撞過我的肩頭，匆匆往不管是什麼的一個目的地或正在等他們的人奔去。留下一個不耐煩的眉頭給我。那個狀況外的傢伙。

我在那一刻鐘明白，這個對我來說再新奇不過的城市，對他們來說，卻已經是一個太陳舊的居所。

住倫敦的人不見得清楚英國國立美術館掛了哪些畫，就像台灣人被問起故宮博物院的藏寶，通常也只能支支吾吾出一個翠玉白菜；拼命追問開羅人關於埃及金字塔的建法，結果只是得到兩頭汗水。他的和我的。

登高。從紐約自由女神像的后冠眺望曼哈頓，在紐約長大的朋友露出迷惑表情，說他從未真正來過這裡。連有個念頭都不曾，要不是為了我，這個外來者。

「原來，從這裡看曼哈頓真的跟電影上看起來一模一樣。」他說。

住在某個城市，不表示理解這個城市。你進到城裡，想要打聽哪間旅館可以落腳、博物館閉館時間和某個歷史人物的舊宅，常常發現路人無法回答。因為在這個城市，他工作、搭車、回家，他不需要旅館也不需要博物館。他不需要清楚當年是哪一個偉大君王建造了他現在居住的城市、某對著名戀人曾經殉情在他每天開車經過的橋下。

他不是旅遊手冊。他只是住在這座城市裡。

這表示他不熟悉這個城市嗎？喔，他是這麼這麼這麼熟悉，以至於他感到疲憊。這裡，每一條街的長相、哪個轉角小販販賣什麼商品、地鐵站之間的距離、公園裡有幾條流浪狗、精華地帶餐廳的轉換速度……，沒有一樣逃得過他的知識掌握範圍。他不必思考也能快速描述出所有細節。

每天起床後，看看窗外。他覺得連天氣也在他預期之中。

待在自己城市的人用疲倦的眼光看待自己居住的城市、自己的生活和其中的朋友。他接受旅人對自己城市偉大的稱讚，點點頭，思緒卻飄到他眼睛從不見過的另一個城市。

一個對他來說完全新鮮的城市。一個不是那麼乏味的城市。一個生活或許會不一樣的城市。一個值得千里迢迢費勁勞心花錢廢寢前往的城市。

那個旅人眼裡的他的城市。

葡萄牙文人費南度一天從家裡返工，經過一道籬笆。從籬笆間的夾縫，他望出去，見到了一片景色。他心悸了。

那一刻，他比任何一個旅人都走得更遠。

文化菜色

我坐在新加坡的一家法國餐廳裡；兩天後，又坐進另一家倫敦的印度餐廳。一個星期後；我來到巴黎的一間飯館，看了菜單，才知道他們供應泰國菜。

所以，一天下午，當我在香港中環的一處咖啡店，目睹一位婦人點了一杯熱咖啡和一盤又脆又香的中式炸豆腐，旁邊擺一小碟紅豔豔的辣椒沾醬，當作她的下午茶，我明瞭，自己一點也不應該大驚小怪。

當工業革命開始建造第一條鐵路的時候，信息開始流竄，區域開始互相模仿，人類開始移動，界限開始模糊；飛機緊跟著增快了移動的流通速度，加雜了族群的混合；而電話電報讓整個世界零時差地活在一起。

網路，給了最後的臨門一腳。

我們終於來到一個時代：膚色不再能夠指涉國籍，語言不足以涵蓋區域，服裝無以表達任何身分。

食物，成為最後一種辨識文化的方法。

你沒辦法指著一個黝黑膚色的人類，宣稱他或她是象牙海岸人，你卻可以指著檸檬魚，肯定那是一道泰國菜，不用擔憂有人會在你的電子郵箱塞滿抗議信件。

每一個號稱國際大都會的城市，都必須提供一連串不同文化的餐廳名單，泰國菜、巴西窯烤、法國料理、印度口味、中國料理、日本菜……，以證明自己的確是個大熔爐，證明自己擁有豐富「文化」。你居住的城市多「國際化」，端看你有多少食物選擇；你對異質文化的容忍程度有多寬，端賴你對陌生食物的接受態度。

「香港是一個國際大都市，炸豆腐當然可以和著熱咖啡下肚。」我朋友說。沒問題。我收起我愚蠢的表情。

在這個逐漸人工化、幻象化、電子化的超現實環境裡，幾乎所有的有機物或無機物都可以複製、移植、概念化。食物依舊牢牢連接著原始的物質環境，成為唯一真實的現實。

與物質環境緊緊相連接的臍帶，讓食物成為少數仍擁有地區限制的東西。你可以在美國紐約生產製造跟印度加爾各答一模一樣的建築物或瓷器或梳子或釘書機，可是你就是無法種植一模一樣的香料；即使你從印度進口或移植，你還是無法判斷在那種天氣下一個印度廚師究竟會灑下多少種香料，去刺激你的味蕾，讓你開懷大吃。你只能模擬，只能猜測，只能回憶。同理，你能在台北做出全世界最好吃的日本壽司，卻不見得是最道地的口味。

因為，最道地，不一定是最好吃。

透過電子圖像語言，你已經可以和你自己的 Ota Benga[注] 直接作朋友，往舊金山觀賞大橋的落日，到米蘭名店購買一條褲子，不必使用你的身體也能經歷一切。但是，要吃一支北京糖葫蘆，活在電子世界的人們依然要返回物質世界，使用自己那碳水化合物做成的肉身，親身咬下一口。

我們的身體就是文化的記憶。我們就是我們吃下去的食物。今後，廚師不叫廚師了。請稱他們作「文化工作者」。

注：Ota Benga：二十世紀初，被美國人帶回紐約展示的非洲土著。

鏡頭

旅人透過一個框框去認識世界，欣賞世界；以及，記錄世界。

那個框框也許來自自己的偏見；更多時候，卻是一個物質實體，例如一個鏡頭。

二十一世紀的旅人上路可以不戴帽子，不撐陽傘，沒有飯糰，沒有水壺，卻不能沒有一台照相機或錄像機。

曾經，人類藝術更有一段時間以模仿真實為指標。人們稱讚一幅畫畫得好，就說它「畫得很像」。「很像」什麼？很像我們的世界。二十一世紀的旅人站在墨西哥阿卡波可灣的岩壁柱上，藍天碧海勻成人類畫不出的色調，海風夾帶鹹味水氣撲溼了鼻翼，感到一種模模糊糊的激動，旅人發出讚嘆，「真像一張照片，好想就這麼剪下來當作明信片寄出去。」

金屬製成的一個鏡頭，圈住旅人視線；框架死板，影像卻在另一頭無限延伸。活躍。經過鏡頭，立體風景被系統化地壓成平面，一張一張，一頁一頁，一景一景，彷彿一本失敗的日記，流水帳式地記錄旅人的路程。

科技發達的證明，是影像再製造的輕易。曾經，必須要靠畫家或作家的想像力才氣才能完成對世界的記錄，現在，一台傻瓜照相機就能搞定。不需要道德勇氣，也不必什麼美學訓練或中心思想，只要一根手指，一個影像就被生產到這個世界上來。

鏡頭與隨之而來的影像生產能力，給了人類莫名自信去應對世界的陌生臉孔。因為，鏡頭前後，是不平衡的看與被看的位置，決定誰被檢驗。而拿起照相機，站在鏡頭後的人類注定是個檢驗者。

那是個安全的位置。不必創造，不必行動，無須焦慮，只要退後；然後，看。電影院躲在黑影裡的觀眾，可以選擇情緒上參與或不參與眼前的一切情境，獲得幾可亂真的經驗，卻能夠毫髮無損地離開。旅人的照相機就像一個隨身帶走的電影院，你始終在看，卻也始終被保護著。被鏡頭保護著。

一個不必真槍實彈上陣的人生，總是比較美好。如同隔著魚缸看金魚游泳一般，你看到了金魚的奮力，卻不必分享牠的魚腥味。

而且，這個人生還可以被擁有。鏡頭收藏世界的方式並不似獵人槍殺獵物如此血淋淋，也不會像蝴蝶標本那般殘酷淒美。它乾淨，簡潔，低成本且得來不費力氣。以一張照片或一捲錄影帶這樣不具威脅性的形式，毫不反抗地被你帶回家，安安靜靜躺在你的櫃子裡。等候你的召喚，也能簡簡單單就被遺忘。

於是，世界若一個超級明星，散落各處、無所不在的旅人則是一群失控的影迷或狡詐的狗仔隊，隨時隨地都可能在莫名其妙的一個轉角攔住世界的去路。無論她尋求太陽的庇護或月亮的慰藉，旅人警覺拿起照相機，俐落拍下她的一切。讓她無所遁形。

一個再美的明星也禁不起這番折騰。

影像的過度，造成一種浮濫，疲憊了所有感動的可能性。看著火車窗戶或汽車前座的擋風玻璃，一個方方正正類似螢幕的框架，旅人感到一種似曾相識的熟悉。

禁不住，打個哈欠，他想閉上眼睛，隨著交通工具規律的晃動，沉沉睡去。

我看見，一個天堂島

夏日寂靜午後在羅馬尼亞，一對吉普賽姐弟正在玩耍。他們不知從哪兒搞來一副老舊的手銬，先是姐姐掛到弟弟手腕上，然後是弟弟銬住姐姐，拉著她遊街。兩個小孩玩得開心，發出宏亮笑聲，從街頭響到街尾。我拿起照相機，喀擦按下快門。他們起先愣一下，馬上繼續互銬，在我前後追逐嬉戲。爾後，乾脆唱起歌來。他們的眸子閃亮，神態可愛，逗樂了我這名意外路經他們尋常日子裡的旅人。

拿起鏡頭，又拍一張。似乎受到鼓勵，他們越唱越大聲，腳步越踏越有章法，甚至踏出一種新穎舞步，即興為我演出一場街頭兒童劇。

照相機再度被拿起。悟到一件事。決定放回口袋。我摸摸孩子的頭，跨過他們，轉到另一條街後。

他人的眼睛，有時候讓被觀看者意識到自身的存在，感到一種必要矯作的需求，在不自覺情況下，做出表演的情態。因為旅人的闖入，提示了觀眾的出現，剎那間，彷彿被從頭頂打了一盞水銀燈，當地人個個搖身成了舞台上的演員。

好比，在外國人面前，一個台灣人常常不得不扮演中華文化的代表。因為，我不再是「我」，一個單純個體。「我」是一個抽樣。透過這個抽樣，那雙旅人眼睛希望體認一個社會或文化的發展軌跡。我的一舉一動，不會成為他們認識「我」的根據，而是一個活生生的文化證據，使得他們能夠理解「一個由黑頭髮黃皮膚種族所建構的五千年古老文明，及其現代文化風貌」。

我不是我。我是一個演員。他們來看戲，時間不多。一天、三天、二十天的旅行期限，是我的舞台表演時刻表。

上演戲碼的文本或許是由當地人主導，解讀脈絡的方法卻隨旅人心智與他自己的文化位置而多變，延伸出新的意義。原本碧綠海洋在峇里島是一個自然甚至單調的景觀，經過旅人的歡呼，成了天堂的象徵；編竹織布對峇里島人來說是一項簡單的生活技能，習慣成衣工業的旅人流下眼淚，宣稱這是人類文明藝術創造力的證明；在流出泉水的竹筒下進行戶外沖涼是洗滌身體的方式，到了浪漫多情的旅人眼裡，看出峇里島人的伊甸園血統。

毋寧相信，一開始，峇里島真的是一個天堂島。人民勤勉，文化深厚，自然優美。一個外來旅人進入，尾隨更多旅人。旅人帶來的不只是他們自身對他者文化的好奇，對增廣見識的渴望，或純粹休閒的需求，旅人也帶來本身的文化價值、不同的生活追求，和他們社會的文明形式。這些無形的文化互動，價值上的分享與參考，讓旅人有所收穫，也往往成了當地人回頭評斷自己文化的標的。

那雙外來者的眼睛，對當地文化的不同部分發出讚許或鄙夷，敏感的被觀察者接收了訊號，從旅人眼眸中的倒影認識自己。如同一個演員從觀眾的反應，去揣摩自己的表演效果。

一些有馬戲團潛力的當地人，從中看出優厚報酬的可能性，立刻被教會了一件事：別人既然想要看戲，那麼，就演給他們看吧。

為了確保旅人看到他們想看的天堂島，一些峇里島人如同熟練的商業劇場經營者，挑出最易認、最膚淺、最討好的文化符號，大量製造，組合出必定賣座的戲碼，全年無休上演。島嶼上充斥廉價的原始情調。即使，一個世紀來的觀光收入已經讓峇里島成為印尼最富庶省分之一，遲來的旅人還是不會不看到註明戶外沖涼設備的簡陋民房出租，古老神像的大減價販售，和滿坑滿谷強調最傳統手工作出來的藝品。

一下飛機，就有人獻上雞蛋花做成的花圈；前往海關前先欣賞一段峇里島歌舞；站在行李輸送帶前，聽得「歡迎來到天堂島嶼」的語句，以最爽朗開心的聲調，在機場各個角落此起彼落響起。走在路上，當地人不斷不斷不斷對著你微笑，直到你以為自己褲襠的扣子掉了，並在空氣中嗅得一股偽善味道。

你因此脾氣變得很壞，對每一個前來搭訕的當地人都疑神疑鬼，猜測對方只想掏空你的錢包。他們還是對你微笑。旅遊手冊上寫著，「盡情享受峇里島人民的好客性格。」

站在酷答鎮街上，這個鎮是峇里島上最多觀光客的據點。觀光客們個個赤身露體，屣著嬉皮拖鞋，一面揮汗，一面互相抱怨觀光業如何糟塌了峇里島純樸風情。

「這是因為全球資本主義擴張，破壞了旅遊文化的樂趣！」一個法國人憤慨地喊。他的眼睛在強烈陽光下瞇成一條細縫，仍因情緒激動而閃閃發亮。「這不是我想看見的峇里島！」

「你想看見什麼樣的峇里島？」

他遲疑了一下，隨即口氣很堅決地說，「我來這裡之前，我想要看到蔚藍的天空，細白的沙灘，友善的人民，古老的寺廟，傳統的文化和許許多多手工藝品。我還想買一個皮影戲的皮偶回去……」他停住，自己笑了。我們正站在一堆專賣皮偶的店門口。

旅人的眼睛，點石成金。

很久很久之後，我才學會欣賞一些不為旅人眼睛存在的城市。我的智慧逐漸足夠理解旅人的眼睛是一天、兩天或二十天就會結束的狀態，當地人的生活卻是一輩子的事情。他們不應該為了陌生人好奇窺探的私慾而活，他們應該為自己和其子孫而活。他們應該根據他們的需求來打造拼裝他們的城市，而不是為了旅人的眼睛勉強築出不適合生活的空間，只為了擺姿態表演。

「韓國最難玩了！什麼意思都沒有。」在我出發前一天，一個朋友寫電子郵件給我。

我在首爾逛了兩天，的確很快就把整個城市所謂的景點拜訪完了。第三天開始窩在旅館裡寫稿。每天，我出去散步，買生活必需品，把鄰近一家咖啡廳當作我的臨時工作地點。路上許多人以韓語跟我問路，因為他們無法從外表分辨我是個外國人。我很高興。這表示我完全融入當地的生活情景，也成為自己旅行的背景之一。我甚至可以想像自己在這裡生活工作的可能性。

我想起另一個對旅人極不友善的城市，紐約。所有去紐約觀光的朋友都大失所望，而住過紐約的人卻沒一個不覺得紐約才是他們真正的家。

我喜歡這種不理睬旅人身分的城市。當我在該城市街道上散步時，覺得自在，可以呼吸。那些當地人自顧自地工作上學、購物，站在街邊說話，帶孩子散步，坐在餐廳吃飯，電車上讀報紙，掃地倒水，迎著日出、送走月落，旁若無人地紮紮實實過他們的日子，活出一股高貴尊貴的生命態度。讓我感動。

文化是優美的，傳統是迷人的，然，當這些抽象價值走出博物館的厚玻璃櫃、活生生在俗世的大街小巷具體而現時，它脫離了知識的沉重，成了生命中真實可觸的樂趣。

婚禮與葬禮

從匈牙利一路趕路到羅馬尼亞。

飛車馳過一個又一個我唸不出名字、就算唸出名字之後也很快忘記的小鎮。小鎮全都長得一樣，沒有絲毫觀光資源。車子因此不曾停下來。車窗上掠過第一個小鎮的婚禮，新郎新娘帶頭，領著長長一列親友浩蕩隊伍，遊行整個城鎮，告知其他鎮民他們的結合，並沿路接受祝福。到下一個城鎮，車子還是沒有減速，另一對新人和他們親友喜孜孜在路邊緩步走著。車子超前。繼續進入羅馬尼亞。

那個星期六早晨，旅人的車子快速穿過了六個婚禮和兩個葬禮。

人生，從來不會因為一次旅行而停頓下來。

這裡那裡

出發旅行，並不見得都是為了樂趣。更多時候是為逃離。因為一個失敗的人生、一次殘苛的災禍或一次戰爭，就踏上了旅途。

這樣的旅行，就如馬奎斯筆下入錯屋子借電話而被當作瘋子關起來的魔幻經驗，驚恐，荒謬，無奈。極不真實。被開了一個惡毒的玩笑，卻完全找不到對象可以控訴。大部分時間，只能像消了音的電影，張大了嘴巴痛苦尖叫，卻連自己也聽不到任何聲音。

你甚至不確定，自己是不是有資格抱怨。

而你已經來到這裡。記憶因為過度驚嚇而抗拒被憶起，路線經過的痕跡早已被風抹平，身體機能隨新環境的氣候溼度而調化。忽然，你聽到一個聲音。

聲音在說，回來吧。你不屬於那裡，你屬於這裡。

你四處找尋聲音的來源，來自出發時被拋向背後的方向；轉過身，低頭看看腳下站著的位置，你思索這裡與那裡的相對性定義：你的這裡是他們的那裡，他們的這裡是你的那裡。

這裡那裡，你其實真正迷惑的是，他們是誰。你又是誰。為什麼他們要談論著歸屬的問題。

一次出自不得已、但的確發生過的旅行，使時光變成歷史，讓旅程變成距離，模糊了旅人的身分。

他支支吾吾掏出口袋的護照，以為上面的條碼和文字就能說明他的一生。海關搖搖頭，告訴他，簽證已經過期、護照上有汙漬所以失效，而他的國家不是一個國家。

海關問，你到底是誰。

沒辦法說清楚自己是誰的旅人，開始用消去法來描述自己不是誰。我不吃義大利麵，討厭抹茶，絕對不上教堂，不買明代家具，從沒思考過美國微軟公司是否霸占全球市場，不多喜歡茅盾也不崇拜毛澤東。當我和歐洲人在一起，我說我是亞洲人：當我和印度人在一起，我說我是中國人；當我和中國大陸長大的人在一起，我說我是台灣人。

差異是人們界定自己的一個方法。我們總以為說了自己不是什麼，就能證明自己是什麼。

但是，在國與國的邊境上，他們不承認哲學性的答案。他們不想花時間知道你的顏色好惡、你的理想與現實的距離、你的性生活挫折、你的勵志座右銘，或其他任何你通常用來描述自己的細節及概念。他們只要求你吐出一個國家名稱。

國家就是你的身分。你不是吳小明，也沒有一個「滷蛋」的外號，你沒有爸爸媽媽，也沒有職業區隔；你甚至沒有性別，所以，別浪費時間談你的七情六慾。

你不是人。你是一個「中國」人、「美國」人、「莫三比克」人、「伊朗」人、「不丹」人……。這些引號裡的名詞就是他們。那些要求你必須要有鄉愁、認定在異鄉過度歡樂為一項罪行的他們，有如天地在你出生之前就已存在，而他們要求你明白，他們的存在大過你渺小如蟻的生命。為了不讓你忘記，他們日日夜夜來到你的床前，訴說一些在你之前活過的故事，瞪著銅鈴大眼驚嚇你，讓你反側不能入眠。

迷糊之間昏睡過去，你看見那些看似熟悉又十分遙遠的臉孔。浮現夢境，環繞四周。你決定，起床後第一件事就是出發旅行。

該是逃離的時候了。

語言

語言不通，讓旅行變得美麗。

當置身陌生國度，語言障礙無法跨越，旅人只能與本地人靜靜相對微笑。沉默，不是敵意，卻是衍生善意的最佳氛圍。

失語的靜謐中，羅馬尼亞的貧窮落後，會是賞心悅目的旖旎風光：斑駁失修的牆壁是一幅渾然天成的抽象畫；每天必須步行十公里去取水的老婦成為樸實的美德化身；冬季積雪達兩公尺高，真是有趣的北國景致；表面龜裂的柏油路上出現一頭老牛，不是交通不便，而是視覺驚喜和鄉野趣味。

一旦說起相同語言，溝通，旅人第一手分享了本地人真正的生命情境，包括對方生活的困頓、希望落空的不滿、金錢不足的痛苦，以及個人的政治見解。你失去冷漠的權利，無法繼續隔著距離，塊狀解讀彼此的形象，而被迫進入所有瑣瑣碎碎的細節。於是，羅馬尼亞不再是一個什麼仍懷有歐洲二十世紀前期風味的浪漫國家，不過是一塊窮困失調的土地，上面住著惶然不安的人們。老舊不是風格，卻是貧困；勤儉不是美德，而是不得不為的生活方式；眼前這位看似安貧樂道的老婦人，一開口就淚流不止，訴著共產主義帶給她的苦痛，國家經濟崩潰，子女紛紛移居國外，棄她一人，往往被冬季大雪困於屋內數天，缺水斷電沒瓦斯。

語言的直接衝擊，要求旅人睜開眼睛。從自身的浪漫醒來。

一位旅行經驗豐富的英國旅人說，去除了階級、社會意識、金錢、性別、國籍，其實，每一個人都是一樣的。他發現，有時候，跟語言不通的高棉人遠比他的英國同胞來得容易溝通。說相同的語言，不見得適合作朋友；不說相同的語言，往往更快速墜入愛河。

當語言不通的時候，旅人和本地人之間的差異，可以解釋為文化性，非社會性。本地人做出與自己觀念不符合的行為，再憤世嫉俗的旅人都願意容忍，接受對方的特異。而旅人的格格不入，旅人的笨拙，旅人的愚鈍無感，到了異鄉人面前，也視為當然，被安靜寬厚地包容。

剝開了語言，因語言而建立的整套思想體系也隨之移開；人，不設防露出本質，純淨相對。不帶任何社會雜質。真誠友善，且平等相待。

一旦說起相同的語言，所有層層剝去的社會機制重新復位。彼此差異不是成長背景不同，不是價值觀不同，不是宗教信仰不同，而是階級、智識、經濟、族群等社會性的分門別類，而是對方完全是個混蛋。旅人認出本地人的傲慢封閉，本地人嗅出旅人的膚淺幼稚。感到各自在地球上的存在不過是一種資源浪費。如果他們生活在同一個社會，將天天擦肩而過，永遠也不會說上一句話。因為他們所屬的社會階級不同。

一位法國朋友交了中國女友。他不說她的中文，她不說他的法語。愛情熱烈地進行。女友終於去學了法文，住到巴黎。他與我碰面，喝咖啡時，擔憂地說，自女友開始用法文表達自己，他懷疑她不是他當初愛上的那個人，「我們基本上不說同一種語文，我不能分辨她腦子裡的東西究竟長得怎麼樣。」他提議說中文的我應該和他的女友見面，聊聊天。

「然後？」

「然後，告訴我，如果她是一個法國女人，我們會不會去同一間咖啡廳喝咖啡，讀同一個哲學家的書，選擇同一類型的電影。也就是說，移開了對陌生文化的好奇，我們還會不會對彼此感到興趣。」他不掩飾他身為知識分子的優越感。

「可是，她的文化也是構成她這個人的一部分，如果你欣賞她背後的文化，你也會喜歡這個人。語言，不過是項工具。」

巴黎索本大學哲學系畢業的他完全不同意，「集體文化是一種學科，我如果要研讀，可以透過旅行，經過書本。語言雖只是一種工具，卻是唯一接近個人靈魂的途徑。一個人怎麼說話，如何造句，使用口氣，在在凸顯自身靈魂的輪廓深度。如果人生是一趟旅行，我希望她是我旅途上的伴侶，而不只是我無意間驅車經過的一處異域風景。」他說。

「讓異域時空引發日常系統之外的感官，這不就是旅行的目的嗎？撼動於言語之外的情感深度，這不是愛情嗎？」我說。

他微笑，「我只怕，自己將文化上的驚豔當作是愛情的徵兆。那，無非是一個無知旅人犯下的錯誤。」

原味文化

移民，是永恆的旅人。

對留在他身後的那一塊地方，他總是還沒有回家；對他定居的那一個區域而言，他也，總是，還沒有回家。

家，對移民而言，不能僅用一塊島嶼或一個國家或一個城市，就能精準定義。如同一個陷入多重關係的戀人，他坐在籬笆背上，流連於不同情人的後花園。而兩個花園各有不同現實，令著他無法一舉躍下。

出發地遙不可及，定居的國度也如隔著玻璃觀看的世界。逐漸，唯有日夜居住的公寓和公寓所在的那條街，才能真實指涉出家的意義。那些中國城、小義大利村、印度區、客家村等。轉角雜貨店的一個招牌，給予家的確定性，可能更高過於一面國旗。

國籍，有時候，只是護照上鉛字印刷的一個空洞名詞。幫助不認識的人將這個人分類。

大年初二，印度加爾各答街上，一陣鑼鼓喧聲由遠處響起。我迷惑轉過身去，見到一條繽紛華麗的中國龍，浩浩蕩蕩由一隊十來人的樂手開路，正從擁擠髒亂的印度巷道遊走出來。像一場時空錯置的夢。樂手衣著正式，龍身刺繡精細，龍頭的彩繪炫麗考究，音樂有板有眼。許多細節提醒：這不是敷衍應景的一次遊行。

過幾天，上海的南京東路，繁忙熱鬧，卻沒有什麼年味。上海人說：

「過年？早不過年啦！」

留在文化原產地的人歷經革命改朝、世代移轉、思想演變，跟隨世界潮流和政治力量改裝了自己的生活方式和思想行為。

文化原產地的人們不需要問自己是誰。他們的身分那麼天經地義地確定，好比與生俱來的一塊胎記，不是想要不要的問題，它就已經在那裡，成為構造這個人的一部分機制。長著這塊胎記的人們呼吸自然，吃飯正常，談戀愛找工作，唯有遇上了不同文化的人們，才猛然在對方的注視下，意識到胎記的獨特存在。

就算胎記消除了，他也不驚慌。如果上海人不是上海人，那麼，誰是上海人？他就是那麼篤定相信。腳上踏著的這塊土地，給了他這個自信。

文化原產地的人們需要的是調整自己的文化本體，以能跟隨時代。移民需要的是自己在茫茫世上擁有一個身分定位。

離開的人們帶著一部分文化，來到異地。在他鄉居民的「同」與自己的「異」之間，小心翼翼放慢自己的文化腳步，從時代潮流抽離觀望，在自己與他人的中間畫上一條界線。深恐飄洋過海的原味文化，因暴露在異鄉的空氣之中而氧化腐壞，於是戰戰兢兢將其醃製保存起來。

遠離原味文化生產地的人們需要不斷確定自己的文化擁有權。活在暗膚色深輪廓的印度人之間，黃皮膚淺輪廓的華人必須靠一年一度的彩龍出街來檢視自己的出身，確定自己的信仰，找到自己的基點。如同英籍印裔作家奈波爾從小生長的印度移民社區，當本土印度人開始剪短頭髮，省略每天清晨的祈禱，以達到所謂的現代性時，千里達島上的移民仍不辭辛勞找來乾淨的芭蕉葉子，天亮時放在捧狀的手掌心。虔誠膜拜。

與他們心中的印度神祇對話。

文化儀式的堅持，如同一紙幸運符或逝世母親的遺物，在移民最孤獨無助的時候，起了最迷人的鎮靜作用。

初春夜晚，在現代化的新加坡，離開了冷氣房，依舊悶熱。中國城前搭起了野台戲，只不過上演的不是傳統戲劇，卻是台港流行歌手的熱歌勁舞。台下的新加坡華人著拖鞋和很久不見的老式汗衫，不顧揮汗如雨，聚精會神聽著台上主持人的粗鄙笑話，哈哈大笑。我彷彿回到二十幾年前小時候居住的另一個華人社會。已經蒙上時光灰塵的那個舊社會。

曾經有朋友說，真正道地的中國菜在紐約的中國城。移民用一種神奇的方式，抵擋了時光的滄桑，為他們自己留住了家鄉的風情。同時，保留了最初純的文化原味。

偏見

有時候，旅行的成果是發現偏見。

旅人帶著他的偏見趕路，有些舊偏見被印證，成為真理；有些被修正，形成新的偏見。經由旅人的闖入，則影響了沒有離家的人們看待世界的態度——或，另一面的偏見。

凡是牽涉到人的認知，就不免出現偏見。

我坐在南西小鎮往巴黎的火車上，朋友指著前面一對吉普賽男女，肯定他們必是搭霸王車；在日本東京的一家布店，老闆娘禮貌卻冷酷地堅持，任何中國人做的東西比起日本人做的硬是都低一等，譬如絲；東方女人以為法國男人都多情，西方女人以為中國男人都沙文；德國朋友不喜歡我去法國渡假，法國朋友討厭我迷戀倫敦；我聽東方人抱怨西方人縱慾且虛無，聞西方人批評東方人虛偽又迷信；痴醉歐洲文化的人對留學美國者如我加以鄙夷，崇拜美國價值者常常不能理解非現代邏輯內的文化。

面對龐大的宇宙，個人渺小的程度，還真不知道該怎麼描寫。而聽說宇宙第一次擴張的直徑不過一英哩的負四十三次方。可是，這不影響一個小小的人類豢養偉大偏見的能力。

偏見不見得通通是負面的。正面的意見可以解釋成善意，卻依然能是個偏見。有時候，我坐在一個人面前，聽到一個句子，是這樣子開頭：「他們（日本人）都是……」或你可以自行填空成英國人錫蘭人巴基斯坦人坦尚尼亞人澳洲人中國人。令我驚異的並不是這個人如何得到這麼深奧的知識，或這個見解多麼洞徹細膩，而是他的斬釘截鐵。

對自己所見所聞的深信不疑。

從旅人狹小有限的個人視界看出去，一件事太容易是有趣的、驚人的、難忘的，卻很難認定是全面的、唯一的、不變的、總體的認識。因為，凡是牽涉到認知，就得問到標準。誰的標準。決定哪種標準為判斷圭臬不是一件容易的事情，就算再打一次世界大戰也不能解決。

偏見，和大爆炸起源無關。偏見跟人類自己的小宇宙有關。正因為一個人類個體這麼卑微不重要，需要以巨大到幾近荒謬的傲慢來證明自己存在的必要性：我必須以我的價值來確認萬物，換言之，萬物唯有經過我的認可而定位。所以，我是萬物的主宰。

也因此，即使偏見不能真正控制世界運轉和所有彗星將要飛去的方向，卻能讓人類天真地活下去。我相信而且理解我所看到的。如此，我將不會被未知所懼怕。

偏見故事的結尾是，從南西往巴黎的火車上，查票員終於一節節車廂驗票到我們跟前。那一對吉普賽男女放下在前面椅背上翹得老高的赤腳，胡亂套上鞋，男人隨手抹一把鼻水，用同一隻手從襯衫口袋拿出兩張票。查票員面無表情完成他的工作。漸漸，窗外林木消失，建築物塞滿視線。

火車進入巴黎市郊時，很多巴黎人跳馬背式地躍過捷運票口。我的朋友滿懷浪漫地說：「瞧！法國人就是這麼自由不拘！」

旅行不是關於認識世界；而是，關於認識自己。透過偏見。

他者的眼睛

當旅人觀看旅途的事物，他不僅使用自己的眼睛，也使用他者的眼睛。後者的眼睛在他出發之前，已經在觀察、篩飾、解讀旅人即將目睹的世界。

聽說香港人很喜歡賭博，周末爭鋒湧向澳門和賽馬場；聽說西班牙人鍾情鬥牛，鬥牛士幾乎等同於國寶級人物；聽說義大利的黑手黨猖獗，每十個義大利人就有一個涉足黑道；聽說上海人勢利眼又重心機，對異地人的尊重度很低；聽說古巴人民生活很苦，所有人都想移民美國；聽說北歐性觀念開放，尤其丹麥的 A 片產量特高；聽說新加坡人已經被政府制約，對政治都沒興趣；聽說英國人很愛喝下午茶；下午四點辦公室裡所有人都會停止工作。聽說。聽說。

聽說。

經遭求證之後，當地人露出左右為難不知如何回答的神情，搔頭、抓耳垂、摸下巴、搓揉雙手，想說是也想說不是。

頓個兩秒，當地人反問：「妳聽誰說的？」

我一時語塞。

聽媒體說的，聽旅遊手冊說的，聽去過該區域的朋友說的，聽所讀書籍說的，聽中學教科書說的，聽網路聊天室說的。或者，有時候，可能只是我自己的幻想。

然，幻想不會沒有根據。日積月累，每天定時收看某台電視新聞，該台新聞編導個人的國際觀和他吸收訊息的管道，決定他選擇或處理世界新聞的態度，當他認為美國的古巴小童新聞應該播放八分鐘，非洲種族暴動事件一分鐘，錫蘭飛機失事不必管時，他已經影響了螢幕前的我對世界權力版圖的認識。

英國製作的旅遊節目和出版的旅遊手冊，建議我值得探索的地區和方法，讓我能以最快速的方法累積對目的地的基本常識，這些龐大資訊是過去幾世紀英國為了擴展經濟軍事力量，不惜費盡心機、啟用最菁英人才所蒐集而來，但，當我拿起日本旅遊手冊和紀錄片，我懷疑，剛剛吸收的資料似乎有些錯誤。還是英國和日本不在同一個星球上，他們談的地方只是恰巧同名而已。

一本旅遊手冊或一篇旅遊報導或一小時旅遊節目的完成，靠的是另一個旅人的眼睛。這個旅人的出生年代、成長環境、國籍、母語、膚色、教育程度和當時的婚姻狀況，在在成為他旅遊心得的可變基數。而，他抽不抽菸，也能一點不誇張地影響他的旅遊心情和價值判斷，且不可避免地引導他剪裁題材的方向。

新的旅人又有自己的狀態。自己的國籍、膚色、母語、出生地和成長年代。

如果我是今年三十歲的法國人，我自然而然想去摩洛哥渡假。我以為我是單單純純被一張貼在旅行社門口的漂亮海報所吸引。但是，海報卻不會無緣無故貼在那兒。旅行社也不會毫無理由在偌大的世界單挑摩洛哥一個角落來作展示。那是一長串的歷史糾葛、無數法國人及摩洛哥人的生命經歷，決定那張海報的位置。決定摩洛哥而不是埃及成為那張海報的主題。決定法國旅遊手冊登錄了豐富的摩洛哥旅遊資訊，決定法國旅人能說母語就登陸摩洛哥。

一下車，漫天風沙滾滾而來，進到據說是全世界最小村落的教堂，一個波蘭朋友拿下眼鏡擦拭，帶我們來的司機開他玩笑：「對，擦乾淨好看個清楚。」當他重新將潔淨透明的鏡片放回他的一雙眼睛前，我突然覺得，他戴上的眼鏡不只一副。

旅人的眼睛

當然，沒有了旅人，就沒有旅行這檔子事。

一個地方。沒有經旅人眼睛閱讀過，它只是一個地方。沒有名字，不具意義，缺乏特質。甚至不算存在。

如同深山一棵百年森林大樹轟然倒下，沒有人聽見，那麼這棵樹算不算倒下？有人提過這個問題。

當一雙眼睛——也許是獨眼——或該說，有了旅人視線的投射，一個地方便有了名字，有了意義。它是島嶼、河流、高原、森林、峻山，是城市、村落、塔樓、廟宇、墓園、宮殿、廢墟。

也就是說，沒有了旅人尤里西斯，拉莫斯島不會是拉莫斯，它只會是地中海諸多島嶼中一塊不痛不癢的土地。即便它沉沒了，不會有任何詩人為此悲劇詠歎，如他們為亞特蘭大城般流淚。沒有了旅人史班斯，峇里島不會變成一個天堂島的符號；沒有了旅人麥哲倫，海峽只能繼續孤獨下去。

前仆後繼的旅人，用他們的精神青春金錢，乃至於生命，為每一個地方定位，記錄。像一個耐心的編輯徹夜不休地為一本未出世的手稿，修訂整理下標，親手謄過，修潤，直到稿子如一塊白玉圓潤無瑕，裡面的思想發出光芒。

旅人的眼睛，如此重要？

一旦上路，旅人就期待「看見」。

一九九五年，越洋電話上，我採訪義大利攝影師托斯卡尼。他因為幫著名服飾品牌班尼頓發展一系列驚怪駭俗的創意廣告而揚名立萬。當時，他剛完成《中國之旅》主題的秋冬時尚目錄，花了十天時間在北京大街小巷找了相貌平凡甚至古怪的中國路人當模特兒，穿上那些鮮豔的義大利服飾，對著鏡頭咧嘴而笑。傻不隆咚的中國人。在鏡頭下，顯得貧窮、閉塞、駑鈍。二十世紀的化外之民。

不例外，托斯卡尼的新作品又一次令國際時尚界及廣告界大為驚豔：解放軍，沒有牙齒的老頭，髒兮兮的中國小孩，他怎麼想得到，真是個天才。他計畫隔年夏天繼續前往中東，延續這系列的拍攝手法。

問了他些什麼問題，已經忘記。總之應該都脫不出那些年輕記者遇見「大師」會發問的幼稚問題吧。你的創意來源是什麼？你怎麼說服那些投資者接受你的創意？你一貫的創作中心思想？你想要跟世界溝通什麼？

他的回答也是如此在預料中，以至於充當一期雜誌內容之後，就可以將之遺忘。不必重複。

「大師」談到文化與旅人，發了一個評語：「貴國是一個很糟糕的地方，因為你們學西方人建房子，仿西方人穿衣服，買西方人的商品，完全摒棄了自己的傳統。」

「您來過台灣？」

「沒有。但是我有一個台灣朋友，他告訴我你們的情形。我聽了就不想去。」

因崇拜大師而興奮得有點糊塗的年輕記者，忽然在這一刻鐘變得犀利起來，她問他：「您意思是，我們不應該有科技，不應該有民主，不應該富有，我們應該就保持我們祖先那個模樣，成為您的世界櫥窗，讓您和您的朋友可以在第一世界活得優雅，之餘，來這裡旅遊，順便拍些照片，大嘆落後才叫文明，原始才是情調，貧窮才是美德，是嗎？」

「大師」的回答，應該很精彩。只是，年輕記者長老一點後，忘了。

托斯卡尼指出旅人的渴望。旅行，是為了窺視其他世界的神祕。城市與旅人之間，一種表演者與觀眾的互動關係。

觀眾買票進場，必有所期待，他們要看見不屬於他們日常生活的事物在舞台上發生。一樁刺激的色情謀殺案，一段強人所難的肢體表演，一個平時路上見不到的美女，或一場過時盛大的傳統戲劇。他們渴望，在黑暗中屏息等待。等待官能上的高潮——最好，還是連續高潮，那麼，會更值回票價。

城市或島嶼或高原或村落或海灘，必得發出超乎尋常的魅力。不然觀眾回家就會嘖嘖作聲，抱怨旅途的無聊單調。

有人看，就得有人演。看與被看之間，是權力關係，是含有默契的協定，是一種交換行為。

只要旅人的眼睛存在，被觀看的城市就被迫矯情。惺惺作態之必要。

當旅人在自家門口倒垃圾，上大街壓馬路，去餐廳排隊喝茶吃飯，到書店買卡片和鉛筆，理所當然，生活即是文化。然，搭了飛機輪船，去到別人的城市，看見當地人在自家門口倒垃圾，上大街壓馬路，去餐廳排隊喝茶吃飯，到書店買卡片和鉛筆；沒有樣式怪異的建築，沒有奇特的身體裝飾藝術，沒有不近情理的規範風俗，如此，算不算真正的旅行呢？

大部分時候，旅人的需求，只消一班子馬戲團就能滿足。

旅行家

我遇見一位旅行家。

革命不是常態，然而，十九世紀初期，法國巴黎卻開始出現了一批自稱革命家的人。他們的主要技能，如布朗基所說，「我能在四十八小時內製造一場革命。」好比一個鞋匠宣稱，「我能在三天內趕製一雙新鞋。」革命是他們的主要活動，能否憑此謀生，恐怕是個疑問。拿布朗基來說，大部分時間，他都是在吃牢飯。

旅行也不是常態，卻教我遇見了個旅行家。旅行家和旅人的差異，在於專業程度。旅人只是個暫時借來的身分，旅行家是份職業。人們能藉此賺錢。

她告訴我，人們付錢請她去旅行。「像是電視節目要製作一個專輯啦，旅遊雜誌想要一個報導啦，或是我一些比較親近的朋友，想要組個私人性質的團體去旅行，我也會勉為其難答應帶隊，不過，這種情形不多見。」她解釋，「因為，我很貴的。」她不願向我透露她的價碼。

全世界，她幾乎都跑遍了。「我見過一般人一輩子未能想像的景象，到過普通人未曾去過的地方。」她強調，「我不走觀光路線，看見的東西跟別人不一樣。」這是什麼意思呢，我不敢要求她講白話。她的神態擺出不容質疑的領袖品格。

正如革命家從來只提供口號，不見得要有健全的理論基礎，群眾就被期待要激情莫名，她丟給我一個漂亮句子，「旅行，是一種生活方式。」革命本身就能提供答案，旅行也是。我點點頭，試圖看起來很興奮的模樣。

在接下來的兩個小時，話題意料之中一直圍繞著她的旅遊經歷，徘徊不去。世界在她腳下，任她指指點點：她肯定西班牙絕對是名符其實的鬥牛士之鄉；批評印度又臭又髒，說她絕對不會再回去；讚嘆紐約的博物館，希望能住在中央公園旁邊；談到在義大利的威尼斯，她被陌生男人追求送花；並且要我發誓保證，在我的有生之年，一定要去高棉的吳哥窟。

然後，她問起我的旅行經驗。

面對旅行家的關愛眼神，我感到困窘，彷彿又回到研究所時期，坐在指導教授面前，必須一一報告過去一段時期裡自己準備的功課，讓她檢驗。

果不其然，我每提一個地名，她就跟著下了許多注腳。「波士頓」，譬如，她會說，「妳實在不應該住在那家飯店，那家飯店雖然牌子老，名氣大，可是服務並不好。妳很幸運半夜不曾肚子餓，要不然妳就會知道要他們送宵夜上來，是多麼折磨人地拖拉。妳去了那家店買鞋？喔，不，妳不該去的，那間店又貴又爛，專門坑觀光客的。妳應該去他們對面的那間鞋店，品質好太多了！妳有沒有嚐過這家餐廳？沒有？唉呀，妳真不知道妳的損失有多大！……」最後，我們都同意，下次我再去波士頓的時候，我應該先寫封電子郵件給她，她會列張清單給我，讓我能夠認識「真正的」波士頓。

所以，這就是旅行家的工作。他們先讓你覺得你過去的旅行計畫破綻百出，旅行經驗一無可取，讓你懊惱自己花了一堆冤枉錢，卻沒有得到世界的精華；然後，在無助又自憐的時候，他們提供專業知識，幫助你重新規畫休假，充滿信心出發。如同一個女人進到所謂的美容護膚中心，服務人員會先檢查她的肌膚，頭搖得像波浪鼓，舌頭嘖嘖作聲，讓她非常難堪，以為自己是全世界最醜陋的女人，自尊心摧殆滅盡，完全找不出任何存活下去的理由；正在絕望之際，服務人員拿出價目表，表示只要一些錢，靠著他們的專業能力，將幫助這個可憐的女人得到美麗，重新恢復自信，展開新的人生。

但是，旅行家跟美容師不同的地方在於，美容師只想給你一份「膚淺」之美，旅行家希望能給你做臉千遍也得不到的智性之美。旅行家代表的不只是一份提供服務的行業，同時也挾帶了知識文明的優勢，他見識了你不曾見識的事物，因此，必須負責提升你的心靈。

所以，她一面滔滔不絕丟出許多旅遊細節，應該在那個季節以那條路線去那個國家的那個城市的那個餐廳點那道菜，一面用近乎文學的優美辭藻，傷感提起一九九八年夏天那個陪她暢遊法國南部的男人，一九九五年聖誕節在布拉格街頭聽見的大提琴演奏，二〇〇三年在日本一段無疾而終的愛情，今年春天在印尼島嶼經歷一場動人的綿綿細雨。

旅行，旅行，更多的旅行。浪漫，浪漫，更多的浪漫。她的人生就是一部無與倫比的旅遊書。她的聲音顫抖，語調抒情，我彷彿正在收聽古典音樂電台的高格調廣播。空氣中，有一股泫然欲泣的精神美。

我承認，我向來對權威存有反抗之心。我沒辦法認真看待一個站在我面前、沒有其他存在目的、就只是為了指導別人的人或物。這種惡劣的態度讓我在求學時代就是一個不太受教的學生。面對旅行家的靈性開導，我的劣根性又來了，我自以為聰明地說，「嘿，我們幹嘛要旅行家呢？要那些旅遊資料，買一本旅遊手冊不就行了嗎？旅遊方式應該像裁縫衣服尺寸一樣，因人而異。更何況，閒蕩也是一種旅行。」

她皺一下眉頭，即刻恢復和顏悅色，「因為，旅行家有觀點，旅遊手冊只是一堆資料。在一個有趣的旅行主張被提出來之前，資料都是無用的。別忘了，旅行不只是旅行，旅行是一種人生態度。」

再一個充滿哲理的句子。我摸摸後腦杓，笑了。

月台疑雲

就在我以為火車站已經喪失了生離死別的能力之際，我看見她站在月台上哭泣。

身邊一只中型深色皮箱，腿上的絲襪從黑色高跟鞋邊緣開始抽絲一直到膝蓋停止，她神經質地拉扯肩上披著的毛線衣，似乎想要蓋住露肩低領小洋裝沒有蓋住的身體部分。她邊抹掉臉頰上的淚水，邊神情緊張地顧盼著。

我斷定，這是一個想要逃走的女孩。想要從她現在無論長成什麼模樣的生活裡離開。

彼時，沒有火車進站或離站，廣播機竟然啞了，大城市的火車站難得出現寂靜。一隻迷路的鴿子從不知名的地方飛到月台的垃圾桶蓋子上。我拿起一本書，打算閱讀。

女孩把手指放進嘴裡無意識地吸吮，她提起行李，走到我這條椅子來。當她坐下，絲襪的裂痕又往上抽了兩公分。過了膝頭。

應該有個男友。如果海明威在這裡，他會給她一個男友，讓他們在這個摩登閃亮的月台上討論他們的未來。

他會如實寫下今天的風向和氣味，遠處樹木的長相，和鐵路餐廳的甜點種類。把一個對旁人平淡無奇的日子變成她的私人紀念日。一個要不要拿掉孩子的日子。比如說。

她仍然咬著指頭。的確正在為某件事猶疑不決。

火車進站。我闔起書本，快速拿了我的行李，上車。

找到我的位置，放好行李。我重新抽出書本，安穩窩進椅背。鉛字沒有進到我的眼裡，那一雙抽絲的絲襪卻映入我的瞳孔。

她也上了同一節車廂。把她的皮箱放我頭頂的行李架上，拉回快要從肩上滑落的毛線衣，面對我的狐疑眼神，臉龐仍因溼潤而發亮的女孩朝我嫣然一笑，轉身下車，快步通過月台，消失在車站出口。

我遲疑著，要不要去找車長來。皮箱裡也許是一個炸彈。

我還來不及起身，坐在我前面穿西裝的男人忽然站起來，神色自若拿下那只皮箱，往前一節車廂走去。

火車移動，我在月台上搜尋他的身影。找不著。他沒有下車。皮箱的內容，她的眼淚，他的行蹤。在接下來的旅程裡，問號像低空飛翔的老鷹不停在我的腦海裡盤旋。

一個旅人以為只有他是清醒的，因為他是站在別人世界之外的觀察者。事實上，只有他是最迷惑的。因為他總是在狀況外。

新年旅行

新年出門旅行，大不易。新年的旅人，面對的不是想像中繁華熱鬧的異國城市，人聲喧雜的異族集市，而是空蕩蕩的大街，寂靜的小巷，門扉緊閉的店家；霓虹燈不閃了，平時擁擠的公園如今蕭瑟冷清，沒有任何生物的蹤跡，連路上在跑的汽車都稀稀落落，顯得十分寂寞；只有冷颼颼的冬風大刺刺地陪你壓馬路，幾乎要吹掉了唯一還在堅守崗位的路燈。

選在新年假期旅行的旅人最興致勃勃，也最害怕希望落空。那是一年下來的長期計畫。像談長距離戀愛的情人終於相約要碰面，結果可能是最甜蜜夢想的終極實現，也可能是長期幻想的破滅。口袋鼓脹著年終獎金和一年以來辛辛苦苦攢存的滿懷熱切，身軀剛剛從三百多個日子的勞動中解放出來，旅人是這麼激烈地盼望著一段旅途奇遇。

而，往往，在新年，旅人千里迢迢來到這個城市，僅是發現當地人動身前往自己出發的那個城市。你到我的城市，我到你的城市，結果，互相撲了空。

博物館關門。美術館關門。戲院關門。百貨公司關門。水果攤關門。地下樂團關門。咖啡店關門。餐廳關門。即使是自己的旅館供餐時間也僅限於上午八點到十點、晚上七點到九點，規定得比寄宿學校還嚴格，中午還不供餐。期望越高，失落越大，這句話想要檢討的不只是愛情。

路上，卻依然壅塞。人們大量出門，大量旅行；但，目的不是回家。

是的，人們不再急急忙忙在新年趕回家。

即使對離鄉工作的旅人來說，鄉愁也已變成遙遠陌生的情懷。經過了二十世紀幾次戰亂的蹂躪，人類幾度大遷徙，家，已是一個太複雜的概念：中國人住在南美洲，拿巴西護照；德國人說自己是美國人，聽到華格納的音樂沒感覺；象牙海岸人說一口標準牛津腔英文，卻住在香港工作；台灣人跑到俄國讀書，然後跟荷蘭人結婚；巴勒斯坦人在埃及長大，結果終老紐約；……國籍不再是家順理成章的存在，身分也不再是單一文化所能提供的答案。

人類似乎越來越自由，卻也越來越迷惑。曾經很容易回答的許多問題，現在均不易定義，譬如：你是哪裡人？家住哪裡？甚至，你所謂的新年，是根據宗教的定義、西元的曆法，或月亮的軌跡？在哪個季節？十月、一月還是二月？

對一個長住柏林的台灣朋友來說，我們大驚小怪準備歡慶的中國農曆新年，即我們中國人常說的「春節」，只不過是他尋常上班的日子。把整個小印度翻騰起來的光明節，同時，新加坡的城市另一頭卻是無聲寂靜。

現代人類於是有種錯覺，認為自己直接跳過農業祖先視土地為命根的觀念，追隨漁獵祖先的生活模式，逐水草而居，自由遷徙，作息無拘，不受土地的牽絆。

我們稱自己為「都市游牧族」、「BoBo族」、「現代波西米亞人」、「新吉普賽族」，我們創造及生活其中的這個世界急速城市化、都會化、科技化，許許多多原本跟隨四季變化而發生的文化習俗漸漸失去需要徹底執行的急迫性。我們可以在夏天滑雪，冬天游泳，上午在東京，下午在新加坡，我們當然也能新年不回家過年。

我們把新年當作假期。一段可以從繁忙工作喘口氣休息的時光。別人回家，「我們」旅行。所有觀光景點的人潮寬鬆，交通不會困難。多麼聰明的想法。

等到上路，才發現新年旅行這個在年前看似新穎的主意，似乎一點也不顯時髦了。過去，每個人都回家，所以路上擁擠；現在，每個人都旅行，所以路上也擁擠。因為生活在後工業時代的我們，生活早已被切割得井然有序。我們比我們想像中的更遵守生活的節奏：該上班的時候，我們大量擠入地鐵、電梯，準備工作；該用餐的時候，我們就湧上街頭，在茶餐廳前面排隊；該休息的時候，我們又不約而同在購物中心摩肩擦踵，搶購限時折扣的貨品，在健身房耐心地輪流使用機器。

同樣，到了新年，所有人訂機票、占火車位，搶交通工具，在高速公路上一路痛苦塞車，為的就是一個共同的目標：出門旅行。

正如社會學家理查・桑內特（Richard Sennet）指出的那樣，當人類舊日的道德中心遭到戰爭、遷徙、革命的挑戰而崩潰、消解，工作成為現代人共同遵守的新倫理。國籍、文化、膚色、性取向或許已經無法形成有效的認同點，工作卻緊緊將所有人綑綁在一起。也就是說，我們並沒有自己想像中的缺乏道德、沒有生活準則，及淪喪了群體觀念。

整個世界雖然在往個體化的路上推演，你我之間卻依舊驚人地類似。工作的倫理是我們信奉的新道德原則，對工作的重視與依賴是我們共同的信仰；我們以工作為中心去打造自己的生活，安排自己的家庭，營造自己的人際關係，決定我們的四季節慶。

在新年旅行的旅人，發現自己在登機門口與其他旅人互相推擠，他不由得發現，他跟自己那些依照自然四季安排生活的農業祖先的距離，並不是那麼遙遠。

達弗斯旅人

有一種旅人一個星期至少要去兩個不同的城市。他們包辦了世界上大部分飛機的頭等艙，五星級飯店基本上是為他們而設立的。

你祈禱他們來到你的城市，也祈禱他們不要來到你的城市。不管你祈禱的內容如何，結果都是他們曾經或即將或正在你的城市。

就在你的睡夢中，他們重畫了你城市的經濟版圖。

而你一覺醒來，陽光依舊美好，空氣非常清新，清洗牙垢眼屎接著穿戴整齊，你興奮迎向新的一天，信步走向巷口的 7-Eleven，如常買份早餐和報紙。打開報紙，你才知道你的銀行存款貶值或增值，房市又大跌或漲得不合情理，昨天才緊追的一支網路股今天應該趕快脫手。

從昨晚上床到今晨醒來，不過五個小時，咀嚼奶油早餐包的嘴巴停了下來，你揉揉睡眠不足的眼睛。發生了什麼事，你完全茫然。

他們來過了。天使還會留下一片羽毛，他們卻不留絲毫痕跡。他們不認識你，卻嚴重影響你結婚基金或買屋計畫的進度。他們能讓你的股票投資一夕之間縮水，也能讓你忽然間可以出手買下一輛寶馬跑車。

他們可能有個綽號叫「達弗斯人」[注]。這個名稱來自每年一度在瑞士達弗斯市所舉行的世界經濟論壇。來自全球各地數十個國家的銀行家、投資者、政府領袖、知識分子和媒體菁英，定期齊聚一堂，討論及規畫全球經濟局勢。以這群人為中心、跨國界延伸出來的一個金融社區，就是他們。

他們沒有明顯的統一外表。真正統一的是他們腦子裡的東西：個人主義、市場經濟和政治民主。他們也許只占全世界不到百分之一的人口，卻掌控且主導了地球上絕大部分的經濟活動。而這項事實讓他們成為無國界的超級大旅人，出入各國都不會出現簽證困難的窘態，或經歷訂不到機位的痛苦。

他們永遠在旅行。旅行對他們來說，是必要的生活方式，而不是額外的奢侈品。

「達弗斯人」是現代的伽太基人。商業，是他們旅行的唯一動機。

他們也好奇文化，也喜歡棕櫚沙灘，也愛異國食物，以及其他一切指涉旅遊的事物。但是，一個地方缺乏了市場的誘因，他們會把這個地方放在他們旅行清單的最後一個目的地。

相反地，如果一個地方有強大的市場潛力，達弗斯人一定立刻啟程前往。

他們不旅行。他們只冒險。他們是二十一世紀僅存的探險家。旅行與探險的差別在於：旅行缺乏危險，旅行的目的是為了瞭解，累積個人的知識經驗；探險的過程充滿危機風險，探險很大的成分是為了征服。

達弗斯人夾帶著大量金錢的勢力，去到不熟悉的國度，一句當地語言都不會說，一點當地風俗都不懂，隨時可能水土不服。他們就已經要開發這個市場。興致勃勃，摩拳擦掌，信心十足。他們可能投資失敗、來個血本無歸，可能跟當地黑道結仇而惹來殺身之禍，可能被騙、被搶、被告，扯入他們一輩子都想像不到的狀況。

只要有一絲成功的希望，達弗斯人還是會去。

他們不是上帝的使者。他們是金錢的傳教士。他們要的不是你的宗教信仰，不想毀滅你的文明，他們也不在意你的政權是誰。他們只要買你的東西，和讓你買他們的東西。為了塑造這樣一個買賣舒適的空間，他們很樂意提供一切服務，包括幫你的國家修改法律、擬定財經政策和外交方案，出錢讓一些政客參加競選。

達弗斯人的理想與任務是，將整個世界改造成一個巨大的購物中心。所有人都能徜徉在溼度溫度均適中的空調環境裡，背景播放著悅耳不刺激的軟音樂，排除一些無謂干擾，如意識形態、傳統規範、宗教儀式，只要專注於消費這項行為。

他們不提倡道德，也不強調倫理責任。「忠貞」這股風，壓根沒吹拂過他們的心湖。世界各地的政府和知識分子，因此叫他們「機會主義者」、「資本帝國走狗」、「沒有國族觀念的人渣」、「金錢的妓女」或「無恥的惡棍」。

但是，人類對金錢的唾棄總是不夠徹底。反對他們的人用嘴巴詛咒他們，卻雙手朝上伸向他們。乞討。

於是，金錢傳教士達弗斯人仍然持續旅行著。活動力絲毫不曾減輟。在地球表面建立更多更穩的堡壘。

印度新德里的一家旅館大廳，在等待一家印度高科技公司代表時，一位達弗斯人撫摸著肚子，痛斥印度食物的辛辣難嚥，瞧不起印度人的落後衛生，喃喃抱怨要趕快回去他居住的城市，「他們這麼髒，你甚至可以從他們身上聞到！」

「那你為什麼還來印度投資呢？」

他看著我，露出禮貌自制卻不免有點嘲諷的微笑，「錢啊！」

這是世界運轉的唯一真理。

注：達弗斯人：名稱靈感來自瑞士達弗斯市（Davos），第一次由杭廷頓在其著名的《文明衝突論》一書中提出。曾有網友提議，應譯為「大富士」或「大力士」，甚至為「打不死」，以彰顯他們在現今世界上的優越地位，作者亦深覺貼切而生動。

達弗斯民族

達弗斯人自成一個民族。

他們有他們的生態環境、遊戲規則和道德法則。他們屬於世界上任何一個民族與國家，同時，也不屬於任何一個民族與國家。出身與歸屬並不能限制他們的行腳，只會更加速他們同外擴展的渴望。

商機，像一座遙遠的燈塔閃爍，召喚他們揚帆出航。在背後支撐他們的，不是一個矯情善感的情操，英國作家康拉德說，卻是一個意念。

一個自以為無私的意念。如此堅強，幾乎無堅不摧。

被意念驅使的達弗斯人因之風塵僕僕。帶著旅行的基本配備，包括一套以上的西裝，一雙皮鞋，一個筆記型電腦，和依個人運動習慣而準備的泳衣或慢跑鞋。

英國《金融時報》、美國《華爾街日報》沿著他們旅行的足跡而發行；電視頻道CNN、CNBC、HBO託他們的福，逐漸駐進每一間四星級以上的旅館客房；《經濟學人》、《富豪》、《商業周刊》、《Monocle》等雜誌為他們量身訂做。發行信用卡的銀行通常是由這群人所經營的，商家沒有理由不接收他們手上遞出來的塑膠卡片。如果你堅持懷疑他們信用卡的可信度，那麼，你相當於質疑他們個人的信用。於是，Adieu[注]，你永遠不會見到他們的面，也賺不到他們的錢。而，他們的確很有錢。

根據有錢買不到幸福的定理，達弗斯人應該兩眼空洞無神，年輕早生華髮，身體虛弱。成天只是守著電腦螢幕看股市漲跌，忽略家庭，沒有友誼，因之精神空虛。夜晚，輾轉難眠，得藉助藥物才能獲得一點休息的品質；白天，呵欠連連，抱怨睡眠不足。

真相卻是：他們健康快樂得不得了。他們是地球上唯一能夠來去自如的人類。他們大多數在一個國家長大，在另一個國家受教育，又去其他國家工作，所以他們通常有居住過兩個國家以上的經驗，能夠流利操控兩種以上的語文。

年輕的時候，他們霸占了世界上一流學府，長大後，他們居住在你城市最精華地區的豪宅。有時候，路上經過一些誘人櫥窗，陳設著連價格都那麼精細的時髦衣物——令你思索究竟哪些人在穿這些東西，又慚愧檢討起自己的品味哲學——常常不到打折就已經被達弗斯人買走。他們的孩子長得聰明結實，令人愉快，他們的伴侶明理正直，堅強體貼。當你辛苦排隊買了一張熱門戲票，坐進劇院的最後一排，看見最前面幾排的位置從開演到結束都一直空著，那是達弗斯人買了票卻沒有空來。他們忙著賺錢。

人們喜歡批評他們膚淺。因為他們雖然常常旅行，卻不見得瞭解當地文化。他們總是下了飛機，就往辦公大樓的會議室跑，一路開會到天黑。晚上搭乘計程車，直奔他們的六星級飯店。點房間餐飲服務時，並不真正好奇或希望品嚐所謂的當地美食，反之，他們不理解為什麼旅館不供應「稍微正常一點」的食物。有時，他們甚至在一個城市停留不到三小時。他們只是來開個會，就搭機飛走了。那他們究竟算來過這個城市沒有？答案只要看看當日的股市和匯市。就像筷子挾一隻圓潤的雞肉冬菇餃子去沾醬油，只那麼輕輕滾過，黑色醬油上已經浮起一層透明的油脂。

而且，關於他們不瞭解你的當地文化是個迷思。如果有機會跟他們聊天，你會發現他們對於你的城市的發展和文化背景，比你更瞭若指掌。因為即使他們只是過境二十四小時，他們已經見到了小老百姓平時見不到的大人物。這些大人物在你的城市呼風喚雨，主導城市的建設藍圖和經濟發展。達弗斯人跟他們吃了飯，開了會，握了手，換了名片，還互相保證繼續以電子郵件隨時保持聯絡。

你還搞不清楚自己城市政治局勢將如何演變，達弗斯人已經得到第一手消息，與未來的領導人一同進晚餐。

他還知道你家巷口那一塊長滿雜草的空地兩年後即將起一棟大樓，裡面將會有電影院和購物中心，於是迅速投入了資金。你卻等到開工那一天，才木木然問工人這裡究竟怎麼回事。

沒錯，他可能不算全然瞭解當地文化。他如果去研讀你城市的歷史傳統，或許也只是為了開發你的消費能力。但是，真正令人忿忿不平的是，你會發現他們不是真的那麼膚淺。別忘了他們都讀過地球上最好的學校，能以多種語文能力吸收各種資訊。就算他們膚淺，也偽裝在絕佳鑑賞能力之下。

當你用你的民族主義或本土意識去對抗他們的時候，而對方卻是一派名士作風，聰明有教養，談吐完完全全正確不失誤，你不得不意識到，相形之下，自己既頑固粗魯又蠻不講理，兼心胸狹隘。有如揭竿而起的農民革命，雖然很有正當的道德理由，卻不免顯得野蠻無理，缺乏完善的立論根據，而且非常不友善。

面對你的頑強，達弗斯人不多說什麼。時間對他們來說實在太寶貴，不容浪費在不相干的對象上。他們只是鬆開領帶，掛起行李，背著電腦，趕往機場，到下一座城市。臨走前，不忘對你微微一笑。

當他的飛機起飛離去，你面對自家巷口那一塊空地，一下雨就不爭氣地挾泥淹滿整條街道，形成水窪，傍晚飛滿蚊蟲盤旋。

你回到客廳打開電視，你看了一會兒，才知道自己在看達弗斯人的CNN電視頻道。你以為你該學點英文。

而，英文，是達弗斯人的國語。

注：Adieu：法文的「再見」。

達弗斯建築

這次去巴黎，一位達弗斯人問我是否去過拉登封斯區。

辛苦累積多年關於巴黎的常識，終於勉強夠格參與一點關於河左岸文化、拉丁區書店、蒙馬特的頹廢魅力、巴黎鐵塔風光等等相關話題的討論。現在，還未得一次機會炫耀，已經全然挫敗。

拉登封斯。「現代的巴黎，真實的巴黎。」達弗斯人告訴我，「來巴黎，不要只學日本觀光客到聖母院旁邊吃冰淇淋，去羅浮宮對岸的小巷子買精品，走在香榭大道人擠人，更別提路邊喝咖啡實在不衛生。」

搭地鐵坐到最後一站。從地底出來時，陽光晃眼。等習慣光線，望見一個凱旋門，卻去掉了繁雕石柱、剩下任何低階藝術系學生都能兩筆畫完的簡單線條，鑲上乾淨明亮的大扇玻璃窗，氣派穩健，占滿旅人的視線。

這不是凱旋門，也是凱旋門。這是新的凱旋門，稱為「大拱門」。

西裝領帶和窄裙高跟鞋如同一大群蝴蝶同時翩然起舞，缺乏隊形卻不打結地在我周圍忙碌穿梭，出現又消失在每一棟看上去都頗相似的大樓入口。八月的巴黎，居然有這麼多人沒有去渡假。過了中午，大拱門附近的咖啡廳無人悠閒坐著喝咖啡。所有咖啡外帶。

這，是巴黎，也不是巴黎。

這不是觀光客的巴黎，不是巴黎公社的巴黎，不是波特萊爾或普魯斯特的巴黎。這是達弗斯人的巴黎。和他們的現代凱旋門。

經濟活動塑立城市的風貌。從一個原始的市集聚落，到鐵道線上的轉運站，或某項商品的專門製造，人類因經濟活動擴展而建設城市。當經濟活動內容改變時，城市的相貌也跟著翻新。

隨著達弗斯人的旅行路線延展，香港、東京、倫敦、紐約、新加坡、北京……，出現一塊塊達弗斯人特區。一個城市中的城市。他們喊作「金融中心」。大大小小的達弗斯總部座落其中，忙碌運轉。奔波無國界的達弗斯旅人不需要護照上的國籍，金融中心才是他們真正的故鄉。他們在此尋到他們的同類，相認相知，終能放下他們的行李，落腳休息。

金融中心往往位在一個現代城市的心臟地帶，由這些小小心臟所發出的血液，驅動了城市，接著，流向整個世界。從另一個角度，也許那不是血液，而是火山爆發的紅色熔岩，危險高熱，帶有毀滅的力量。

不論是帶來生命的血液或惡魔似的熔岩，它都來勢洶洶，無法阻擋。

金融中心的特點是鋼筋撐起的摩天大廈，水泥鋪成的地面，人工噴泉，巨型雕刻，大片大片玻璃纖維製成的牆壁，所有顏色彩度降至最低，沒有造型的造型。一切都光滑極簡，樸素低調，卻有著霸氣十足的尺寸。

換言之，現代建築。

銀色王子葛羅培說，「一切創造活動的終極歸諸建築。」現代建築具體展現了達弗斯文化的結論：冷靜，理性，具邏輯，強調結構思考，對高科技的堅定信仰，和期盼將一切知識技術量化複製——不論是企業管理學或汽車引擎或心臟僧帽瓣手術，推廣到地球上各個角落。

大多數對現代建築的批評，往往也與對達弗斯文化的抱怨不謀而合。

譬如，造成歷史與地理的斷裂，與周遭環境格格不入；資本主義的象徵，商業氣息濃厚；工業革命的產品；缺乏人文精神，沒有靈魂；以最廉價快速幾近不道德的方法摧毀傳統；美國化；醜陋。

然，一棟棟光亮的現代建築還是在二十世紀如同雨後磨菇般在世界各地群生出來。造就了所謂「國際風格」的建築語言，裝入了「全球化產業」的所有總部。以及二十世紀之前還不存在的達弗斯人。

世上最淒涼的，莫過於見到第三世界國家的金融中心。迫不及待要現代化，倉促中接收了達弗斯人的建築，於是就在一大區矮小破敗的老舊建築旁，忽然一大叢建築物硬生生拔地而起，巍然峨立。那般景況，好比瘦弱的原生人種碰上了基因改良後的未來人類。一齣殘酷的荒謬喜劇。觀眾理解了幽默的關鍵，卻始終笑不出來。

如此建起來的金融中心，空有架子，裝模作樣，如同選錯地點建好的大型遊樂場，不見遊客前來，只好任設備生鏽，垃圾隨風飄飛。下雨，地面隨即出現大大小小的湖泊，映照著當地社會的文化困境，和無法改變現狀的軟弱無力。

達弗斯人是最精打細算又難以取悅的一群遊客。一兩棟現代建築無法賄賂他們。對他們來說，只伸出一隻手的握手禮，不算真正的禮節。他們更需要的是，一種真實的善意和願意全心同化的熱誠。

會議室在這棟大樓的第二十八層。玻璃為牆，給人一種空間完全開放的錯覺，彷彿伸手出去，就能一手掌握整個新加坡金融中心的光燦夜景。

「我們擁有這個城市。」一位達弗斯人說得好。

世界是用來生活的

在巴塞隆納，我和她一起逛街。她是美國一家男性雜誌網路部門的執行副總裁，該雜誌在美國本土擁有五百萬發行量，海外市場則發行二十個不同語文的國際版本，目前仍在持續增加中。

她是一個非洲裔美國人，而且是一個達弗斯人。每星期她都要飛往一個國家，參與各個國際版雜誌架設網站的工作，回去紐約寫商業企畫書，透過網路寄給所有相關人士，她的郵寄對象幾乎就是個小型聯合國的名冊。

她決意要在西班牙買個提包，因為她聽說西班牙皮件事實上品質不輸義大利，樣式卻更見古典。我們走過無數小店，耗去三小時，天色近晚，正當她絕望起來，我們進入一家國際連鎖的大型購物中心，不到五分鐘，她相中一個黑色方形皮包。

我翻開標籤，「這是紐約的牌子。」

她興奮地說：「我知道，這不是很奇妙嗎？我在紐約就一直要找這樣的提包，在巴黎沒找到，到了巴塞隆納，終於讓我找到了！」

我想起另一個也是達弗斯人的女性朋友。她到了東京青山道第一件事就是找一家美容院剪髮。離開那個跟她語言不通的日本造型師，她摸摸剪得俐落涼爽的短髮，如釋重負，「在香港都找不出時間整理頭髮，總算了了一樁事。」

對達弗斯人來說，世界不是用來旅行的。世界是用來生活的。

他們不說，「我去過蒙古。」他們說，「上個星期天，我的蒙古好友和我一起騎馬，馳騁在蒙古大草原上。」彷彿是你的母親談起昨天上菜市場的普通家常對話。

當你興奮提起去年終於如願以償去了蘇格蘭，稱讚愛丁堡的詩意，他們的反應是，「喔，對，我學生時代在該地參加一個研究計畫」，然後，他們不經意提起一個咖啡店的名稱，「你知道那是愛丁堡所有著名藝術家、文人經常出沒的場所吧？」當然，你不知道，他們嘆口氣，「唉，真可惜。我在那裡跟當地知識分子參與的討論，可能是我這輩子經歷過最寶貴最充滿智性的談話。」

或者，你也可以試著聊聊你正在計畫中的西藏之旅。他們點點頭，毫無疑問，他們也去過了，遠在中國政府開放觀光之前；甚至，他們原本在法國的普羅旺斯有一座十八世紀時建造的古堡，供夏日消遣，每年他們從自家葡萄園採葡萄釀酒，帶回工作的城市，在私人宴會上享用。這一切都在英國人彼德梅爾寫了《普羅旺斯的一年》之前；之後，住在那裡簡直是一個過度俗氣的概念，他們不得不將心愛的房子賣掉，以躲避觀光客的騷擾。

接著，他們的目光失去焦點，若有所思，問你：「最近，你『回去』過不丹嗎？你不覺得，自從他們裝了電力之後，一切都不一樣了。」

是的，跟達弗斯人談起旅行，是一樁自殺性行為。只會讓自己覺得本身生命庸俗，可悲，缺乏創意，如同一尊倫敦塔買來的塑膠英國玩具兵紀念品，棄之絕不可惜。

如果旅行經驗如同資產以數字計量，達弗斯人就是過度有錢的富人，已經發展出鄙視金錢的態度和一套階級系統，以區別他們跟暴發戶的不同。跟他們相比，大多數旅人不過是蜜蜂般的觀光客，總是集體性行動，又僅懂得去目標明顯的花園尋找花蜜。相反地，達弗斯人永遠去其他蜜蜂意想不到的冷僻地點。花蜜不是他們的重點。花朵生長的環境和文化，才是他們真正探訪的目的。

當其他旅人懷疑全球化現象與達弗斯人關係密切，就旅行這件事上，達弗斯人卻是離開整套資本主義系統最遠的一群旅者。

他們推崇所有非現代的文化，哪裡沒有電視機、沒有好萊塢電影、沒有麥當勞速食漢堡、沒有香奈兒時裝，就會被囊括於達弗斯人的旅行中。也就是說，任何不在達弗斯人商業計畫書內的地名，就會在他們的私人旅遊計畫裡出現。

旅行方式與旅行地點同等重要。當一般旅人總是盡量縮短旅途時間，急急忙忙從一個城市趕到下一個城市，把時間留給重要的觀光地點。達弗斯人卻任自己在路上磋跎。他們選擇騎腳踏車，徒步健行，划船，坐火車，開私人飛機，搭乘熱氣球，上渡輪，不疾不徐，慢慢領觸沿途風光。達弗斯人不是普通的蜜蜂。野地上的花蜜對他們來說，比溫室專門培養的花蜜來得珍貴而獨特。

看到什麼，不是旅行目的，感受到什麼，挖掘精神的深度，才是達弗斯人醉心於旅行的理由。

在旅途上，漁夫、佃農、礦工、小販、編織婦人、小鎮麵包師傅，都是達弗斯人樂於結交的好友。這些人生活在幾近貧窮的邊緣，靠他們的傳統手藝勉強餬口，衣衫襤褸，任歲月苦難在臉上刻畫深深皺紋，被達弗斯人所主導的全球進步浪潮遠遠拋後，是達弗斯人眼中的智者，也是地球上唯一碩果僅存、真正懂得生活意義的人。

他們雖然物質匱乏，卻擁有豐富的精神生活，他們用手製造鍋碗瓢盆，辛勤工作，閒暇時，吟唱詩歌自娛，和鄰人一起跳舞。他們是可敬的小人物，過著簡單卻深遠的生活。通過那些仍舊保持幾世紀前生活方式過日子的人們身影，遠古智慧得以在物質過度、金錢霸權、慾望橫流的現代，仍能在地球某個角落存活下來。

而，路過的達弗斯旅人將會是此一古老文明的見證者。他們也夠聰明，夠文雅，夠博學，能很快進入狀況，領受文化的滋味。

於是，達弗斯人購買了那些「高貴野蠻人」手製的粗糙陶杯，所以，可以用來裝家裡那台昂貴機器沖泡出來的卡布其諾咖啡。邊喝著咖啡，達弗斯人回憶這趟旅行的精神啟迪，順道告訴賓客，咖啡豆產自非洲中部的一支部落，因此裝豆子的袋子並不是一般的塑膠袋或鋁質包裝，而是小型麻袋，聞上去仍有一股土壤的芬芳。

「說真的，我們不需要那麼多錢。」其中，一位剛剛旅行回來的達弗斯人評道，不過。話說回來，在場的人沒有一個不是剛剛旅行回來，「我看見那些馬達加斯加島的部落土著，雖然活得很窮，卻很有尊嚴。我們忙著賺錢，卻忘了生活。但是，後者卻更有價值。」其餘人紛紛點頭同意。

我問了莊子的魚問題：「你只是一個短暫停駐的旅人。你怎麼知道他們很快樂？也許那些馬達加斯加人很渴望脫離貧窮。」

那不是一個明智的決定。從他和其他人的表情，我已經知道我真是自討苦吃。這個疑問不但沒有挑戰到任何權威，只不過徒然暴露了我的庸俗。

「妳是對的。」他眨眨眼睛，和藹平靜，然後，「雖然，我說一點他們的語言，幼年在島上消磨過幾個夏天，在該村落依舊有些老友。不過，當然，不能說我完全瞭解他們。不妨，妳說說妳的看法，我很渴望多學習呢。」

所有眼睛轉向我。脹紅了臉，我啞口無言。低頭啜了口滾燙咖啡，匆忙中，燙傷了舌頭。

疆界

一群人去澳門，搭渡輪回香港。所有人都擁有香港居留權和一張香港身分證，都在一家國際知名的美商金融證券公司工作。到了香港海關，如同電影裡警察抓犯人時亮警徽般神氣，美國公民晃一下護照。不需一秒鐘功夫通過；法國人花費兩秒鐘進關；新加坡人過去了；台灣人也過去了。通關後，大家說說笑笑，準備共進晚餐。那是個輕鬆的星期日夜晚，香港難得有潔淨空氣可以呼吸。忽然，有人發現少了一個同伴。

印度籍同事被擋了下來。海關將他的護照翻來翻去，對著他的香港身分證一看再看，就是不曾抬頭多看這個印度人一眼。印度人無助地站在海關台前。他擁有一個美國常春藤大學的博士學位，教育程度高於海關人員許多；一年收入五十萬美金，是海關人員一輩子的夢想數字；平時為人比任何一個香港人都善良正直。那，又怎麼樣？

疆界擋住旅人的去路。

太空中看起來水藍色的一個完整地球，實則密密布滿無形的刻度與界線。每一條線後面都是自然力與政治力的成果。

自然力畫出來的疆界神聖不可侵犯，彷彿帶有上帝親手打印的規定。汝不得隨便跨過界線，否則將賠上性命。古代歐洲人謹守戒令，一直到中世紀結束才航出直布羅陀海峽，離開地中海。迄今，西藏人要跨越喜馬拉雅山，仍要請示神諭。

活在現代社會的普通人，則去領事館申請簽證，請示政治力交配下產生的人諭。

沒有什麼比申請簽證的時候更能夠領會到何謂國家主義，以及個人相對渺小的結構位置。

排隊兩個小時，終於輪到我。三秒鐘，駐紐約的英國領事館就把我解決了。「對不起，從歐洲回亞洲時，妳不能過境香港。」原因是，「妳是台灣人。」事情發生在香港回歸之前。之後，事情只是更複雜。可是，理由都相同，因為我是個「什麼」人，所以我比其他生物都來得可疑，來得危險，來得更不可信任。那是一個未經審判的判決，我沒有權利爭辯、詢問或向對方證明我不是一個他想像中的惡魔。一點機會也沒有。我只是被告知一個既定事實。如果，我不知道地球是圓的，那麼，只是我個人的不幸。

誰決定我的身分？誰讓我在世上那麼多種族國家的芸芸眾生之中脫穎而出？是什麼讓我看起來比英國偏激左派學者或真理教教徒的日本觀

光客看起來更像是一名會在紐約帝國大廈放置炸彈的恐怖分子？

旅行證件並不只是一本貼了照片的護照。你的膚色，你的語文，你的國家，你的種族，也包括在你的旅行證件之內。

那些，你的原罪。

原罪無法用三言兩語解釋，也很難光彩地加以論述。這不是一個人道判斷或思想成果，而是一個政治直覺，代表了文明衝突、歷史糾葛、經濟差距和政治利益。無關乎個人對個人，而是個人對國家，國家對國家，乃至文化對文化。原罪採集體形式出現，從不單獨存在。個案差異不在原罪討論的範圍。所以，一個印度人只是一個「印度」人。如此而已。

當冷戰結束，政治正確風潮吹向大和解的時候，原罪成為唯一的疆界。不落實於實體世界的河流或高山，也不再是硬生生的一條緯度線，它在我們的心裡。那是最後的疆界。也是最困難跨越的一條疆界。

杭廷頓認為這條疆界終會是文明的衝突。我卻依然悲觀地看待成窮人與富人之間恆常的拉鋸，指向人性中為求生存而不得不採取自私態度的永恆黑洞。只要人類一日還有生存資源分配問題，我們就會恐懼，就會自我保護，就會嫉妒，就會害怕，就會憤怒，就會懷疑任何我們不能一眼穿透其意圖的陌生人。

即使敲碎了柏林圍牆、抹去北緯三十八度線、移開台灣海峽，人類總還是有辦法畫出新的疆界，分辨幫助自我生存與威脅自我生存的敵友，漠視與我無關的生命。宗教可以是個藉口，語言也能是個理由，民族、膚色、性別、高矮，或支持的球隊、上過的學校、喜愛的歌手、閱讀品味、消費能力、口香糖牌子，以及你所用的電腦軟體。

那條由人性溝渠形成的疆界，不是申請一個簽證，就能輕易跨過。

流亡者

他坐在一條墨綠色長沙發上，略微稀疏的柔軟長髮及肩，身穿中國式的外掛，鼻樑上架著一副復古圓框眼鏡。左手邊坐著三名年輕外國女子，右側兩個剛入社會不久的台灣女孩，另有一個社會地位頗高的中年女人拉了一把椅子，坐在他面前。她們臉上全堆滿了討好的笑容，眼神急切而好奇，正專注地聆聽他對中國現代文學的看法。

一個空檔，他轉過頭，逮住走過去的我，要我幫他端來一杯紅酒。當我把飲料遞給他，他重重嘆了口氣，眼珠子兜一圈，掃了一掃我們置身的這座雅緻客廳，語氣哀傷凝重又掩不住一股暗地的洋洋得意，「看看這裡，教我不免揣度，過去十年，我放棄了多少東西。尤其像這種普通人努力就能得到的物質享受，我恐怕是無緣了。」他垂下眼皮，低頭注視著自己手中不停轉著的杯子，裡面的紅酒在燈光下放射出透明的紅色光輝。

那是一個憂傷清高的姿態。旁邊的人不覺靜默。外國女子及台灣女孩都溼潤了瞳孔，完全說不出話來，有經驗的中年女人鎮定地拋出幾句適度的體己話，斷掉的話題不著痕跡地被接上，方才的憂愁被一種新的溫馨取代。過不久，如同害怕碰痛了病患剛癒合的傷口，她很小心也很堅決地詢問，一九八九天安門事件之後，他究竟是如何離開中國大陸，抵達美國。這個照理不應是令人振奮卻是沮喪的話題，此刻卻讓聽者和說者的眼眸都亮了起來。彷如獵人在長久的守候之後終於望見獵物的影子，幾個女子屏息，壓抑住興奮之情，深恐驚走獵物。

他沉吟了一秒，果然，開始激動又流利地敘說顯然已經說過千萬次的故事。他仍不介意再說一次。

最後，談到目前在美國常春藤大學兼課的學術生活雖然頗愜意悠哉，他的心卻還是像一朵向日葵，只能永遠向著十年前決意遺棄他的祖國太陽，他強調：「我一定是要回去的。而且我感覺，時機就要成熟了。」

流亡者是一個渴望終結旅程卻又自覺結束遙遙無期的旅人。像一個等待愛情的年輕人急躁於甜美戀情的姍姍來遲，如一名等待審判結果的囚犯惶恐判決不利於自己，他既期盼旅居國外的生活早點畫上句號，又害怕不是依照自己希望的方式結束。

對於祖國，流亡者擁有比尋常人更激烈豐盛的情感。正是如此一份感情，使得他們不顧一切把意見說出來，把想法具體行動出來。而，這份強烈情感流露的後果卻是他們必須拋棄他們所關注的一切，離開深深眷戀的祖國，從此站在遠處，不能親近。像一個熱愛孩子的母親，因著一紙無情禁令，不能親身參與孩子成長的過程，分享孩子的歡樂與苦痛，只能躲在孩子視線之外察覺不到的角落，隔著距離，強迫自己用一種看待別人家孩子的疏離眼光注視著自己的孩子，同時為了孩子長大後將不識於他的事實而感到恐慌。

被排拒於他自小生長認同的集體族群之外，是對個人存在價值最可怕的否定方式。一群理應跟你相親相愛的一群人，這會兒全都結合起來對抗你，對你大喊大叫，不但不接受你的思想信仰，輕蔑你的行為——而這一切正是你為了他們才盡心盡力去做的，並竭盡所能找出最惡毒的方法去唾棄你整個人。對待你，有如一個相恨幾世的敵人。被誤解的憤怒，被排斥的孤獨，被背叛的羞辱，被拋棄的恐懼，全部情感都混合在一起，如爐子上一鍋熱湯澎湃奔騰地滾燒著。

流亡者很難不對世道失望，很難不對人性懷疑，再堅強的理智此時也不免瀕臨崩潰，因為他的腦子分析不出整件事情的公平性在哪裡：付出熱情理想精力的人，卻比懦弱鄉愿虛偽的人下場更淒慘。

流亡者期待，時間和歷史能夠證明他終究是對的。他所嚮往或堅持的價值，如果不是現世歷史環境有能力立即回報的，那麼，或許，在其他歷史環境裡，他能夠得到一個較公允的對待。

他等待著。靜靜活下去，是為儲備力量，好在一個風雲際會的歷史時刻躬逢其盛，取得自己應得的位置。十九世紀的馬克思、列寧等左傾分子，為了自身意識形態而流亡國外。在國外的那些日子，他們並沒有閒著，寫書、演講、組織活動，養精蓄銳，秣馬厲兵，等待他們堅信必定會發生的那一場無產階級革命。當列寧走進芬蘭車站的那一刻，歷史的勝利在望，過去流亡生活一切所受的挫折磨難，全都披上金光閃閃的外衣，有了光亮不可逼視的重大意義。

在絕望苦楚的處境裡，歷史的凝視是支援流亡者撐下去的主要力量。流亡者的夢想，如馬克思所吶喊的，地球上所有世俗榮耀都將熄滅，只有真正來自人類靈魂深處的精神力量將會長存，重要的是，「我要用輕蔑的眼光睥睨這個世界，我要用創造者的姿態大步跨過這個世界。」流亡者爭的不是一世的光榮，他要的是真理的絕對勝利。

然而，歷史的凝視為流亡者帶來想像中的救贖，卻也成為流亡者最大的困境。

流亡者一心一意要完成的人生意義是在拯救群眾。當他被迫離開祖國的時候，他相信，他不是為了他一個人而出走的。弔詭的地方在這裡：誰是那些群眾呢？群眾是一個概念。存在於每一個理想主義者的腦子裡，使之赴湯蹈火，熱血噴灑。

但是，除了集權者能在某些慶典脅迫所有人全都攏聚到一個大廣場，露面讓他親眼見到所謂的「群眾」，感動於自身對其他人的影響；沒有其他人能有如此特權，可以時常有幸具體見到群眾的面目。即便是宗教的領袖，靠的也是上帝的力量，而不是本身的號召。何況，所謂的群眾其實是很容易被收買的。當權者願意在小地方給些甜頭，群眾就會繼續過自己的日子，滿足於瑣瑣碎碎的幸福。英國之所以從來沒有發生法國那樣慘烈血腥的大革命，即因英國政府很快就在許多重大法律及民眾權益上讓了步。

群眾還是善忘的。就算流亡者離開的時候是領袖之尊，他們也能在極短時間找到新的代替品，新的偶像、新的民族救星、新的社會良心，加以崇拜，賦予流亡者當年曾經獲得的精神高度。而流亡在外的日子，讓流亡者很容易失去對祖國現實的聯繫，使得流亡者更掌握不住他心目中的群眾。國內的情形，您不清楚。群眾說。

流亡者寄身的異國，在一片歷史迷霧中，此時成了一個掬手可取的現世歷史環境。因著國與國之間的意識形態對抗、國力較量、勢力擴張的利益衝突，越過國界後，真理，忽然，便輕而易舉站到了流亡者的這一邊。

讓流亡者不得不離開本國的一份理由，到了國外，卻是流亡者顯得神聖勇敢的同一份理由。

人們總是對其他國家的災難和革命懷抱過度美化的想像。發生在遠方的革命衝突，因為沒有即刻的致命危險，且無關乎自身的利益衝突，人們特別能夠放下自私的心態，不算計本身的利害，而用一種客觀欣賞的眼光，去找尋令自己感動而充滿興味的事蹟。舞台上的交際花馬格麗特是一個情深義重的聖女，現實生活中的馬格麗特，卻只是被人視為一個任性嬌縱的墮落女人。茶花女仍是同一個茶花女。變化的是觀眾身處的空間，是否具有足夠的安全距離，讓他們暫時放下社會成見，忘記自己的道德標準，而只專注於對方的人性處境，並不吝惜獻出真誠的同情。

台上台下，差的是一份活靈活現的人性。

在我看來，這恐怕才是流亡者真正的痛苦，不在經濟拮据，不在有志難伸，不在孤獨寂寞，不在害怕被心愛的群眾所背叛，卻是他被剝奪了人性的需求；渾身上下，消盡了人性的氣味。當他因為政治理念出走的那一天，他已經被自己也被別人推入一個永恆的歷史框架。在這個框架裡，他只能是一個歷史角色。而不是一個活生生的人。他萬事都要對抽象歷史負責，對也許不存在的群眾負責，對高超道德原則負責，不然，他就無法解釋這一切苦難所謂何來，不能證明自己存在的意義，在其他人眼中，他將成為一個信用徹底掃地的失敗者。

對他離開的那塊土地、或新踏上的這塊土地而言，他都已經不是一個有權利為自己活下去的一個普通人。他自己也不允許。他只能是一個理想的化身，一個有潛力的歷史人物，一個政治的樣板，一個以身殉道的英雄。

歷史在檢視他，周遭的活人也在檢驗他。承受同樣煎熬的其他流亡者更是焦慮忌妒地監視他。因為，他們跟他一樣付出重大的代價，唯有搶奪歷史光環，才是清刷名譽、取得人生正當性的單獨出路。歷史光環，恰巧，是地球上產量最稀少的一項東西。

夏天，傳來他回大陸被捕的消息。在路上，我碰見那晚宴會上緊緊靠著他坐的幾名女子之一，她情緒興奮，語調高昂到幾乎像是快樂的地步，尖著嗓子說：「妳看到了嗎？連蘇珊・桑塔也在紐約時報寫了篇文章，幫他請命咧。」時值黃昏，我們頭上的路燈突然啪地一聲打亮，照著整條街道光燦燦。頓時由樸素變為華麗。

妻子車禍後，流亡的蘇曉康理解，當米蘭・昆德拉說到歷史上隆起的硬塊，指的是一種無奈。一種「人對歷史、人對人自己的無奈」。

偷渡就像旅行

蛇頭說，偷渡就像旅行。

為了這句話，五十八個人從中國福建省出發，坐火車到北京，拿南斯拉夫護照坐飛機到南斯拉夫，經過匈牙利、奧地利、比利時，從荷蘭前往英國。這條路線，怎麼聽，都像是旅行社推出的二十七天豪華歐洲自由行之類的觀光行程。發團之前，想必也開過一次行前會議吧，領隊交代旅遊細節，提醒出外安全注意事項，五十八個遊客興奮又緊張，彼此討論，回家與親人徹夜商量。積蓄，繳了團費，他們即將出發。

每一次出發，都充滿希望；每一趟旅行，都浪漫新奇。

達弗斯人占了世界上絕大部分的頭等艙，偷渡客連經濟艙也不搭，他們只是被塞進一個密封的貨櫃箱子，就能渡海。日頭高掛海上，三十幾度的夏日溫度渾然不覺地燒烤著鐵皮做的集裝箱。汗臭，飢餓，屎尿，缺氧，恐懼，幻覺，瘋狂。全然黑暗。裡面的遊客，完成了他們平生第一次也是最後一次的旅行。

偷渡客的旅行，令所有人惱怒。對富人來說，這是窮人意圖打破貧富不均的卑鄙手段；對本國政府來說，這是背叛，無異在國際社會面前被自己人民狠狠摑了一巴掌；對第一世界來說，這是第三世界溢出的麻煩；對打造未來的科技菁英來說，他們提醒了最落後的一個人類依然存在地球表面上。最讓人憤怒的是，他們怎麼可以這麼無知，異想天開，以為越過了山脈，渡過了海洋，就能過起像樣的生活。他們難道不知道，一條牛牽到哪裡都會是條牛。

全球進入知識經濟的後工業革命時代，只有偷渡客還遵循著古典經濟法則，在意著人與地的關係，想要靠人口外移，來解決貧窮問題。他們沒有技術，缺乏教育，不懂節育，無識世面，如同孩童般堅定相信著彩虹柱端埋藏著一罈黃金的神話，以為冒險必能獲得報酬。

而他們那麼那麼那麼想生存下去。

當一切生活條件都不利於他的存在時，依然堅持活下去。這裡搞不出名堂，我離開，去那裡闖闖。雖然彼岸展示了更大的敵意。無關乎資本主義與共產主義的對抗，沒有右派或左派的路線問題，偷渡客讓人傷腦筋的地方，是因為他聞上去有一股貧窮的味道，和他的不願消失。

國際家具連鎖店的搬運工人跪在地上為我組裝書櫃，忽然抬頭說，「明年，我一定要走了。」

「走？去哪裡？」

「南非。」十歲由大陸廣東省來香港定居的他說。「不走，不行。都已經沒有飯吃了。」他提起早先整整三個月完全找不到工作，每天只能吃一包公仔麵。新婚的妻子是個大陸人，住在深圳，過不來香港，也找不到工作。夫妻兩人兩個月才見一次面。從香港到深圳只需一個小時的九廣鐵路，他搭不起。

他心有餘悸，搖頭，「不能再想像挨餓的日子。我存好錢，一定偷渡去南非。工作個兩三年，寄錢回來。」他說起偷渡，彷彿提議待會兒一起下樓去喝下午茶般自然閒適。

「香港的經濟不是已經開始復甦了嗎？」他放下榔頭，直起只有二十四歲的身體。如果我有一個弟弟，可能跟他一般年紀。他說，「經濟是好嚴重的字眼，我不懂。我只知道，這件事跟有錢人才有關。無論經濟衰退或復甦，窮人都僅求討口飯吃而已。」

「偷渡很危險。並且，老僑還會欺負新僑，你不見得會活得更好、更快樂。」我不自覺用起姐姐口吻對他說。他笑笑，「我都想過了。管它的，就當作一趟旅行吧。」他走的時候，眼睛發光，在電梯門關上前一刻，像一個即將上路的旅人，揮手，向我道別。

世界的中心

「美國人總是以為自己是世界的中心。」二十出頭的我說。

我的亞裔美國教授望著我。他的個頭很小，坐在一張堆滿書籍的大桌子後面，幾乎看不見人。像是刻意躲藏起來的模樣。但我確實見到他拿兩隻細長眼睛望著我，還有他緊皺眉頭上的一條條刻紋，清清楚楚表現他的不以為然。

他說：「中國人不也是這麼想嗎？」

多年後，我聽說了一則羅馬尼亞笑話。兩個人在討論某個地名。甲瞪大眼睛說，「喔，那個地方非常之遙遠啊。」乙一臉茫然，反問：「很遙遠？相對於哪裡而言？」

出自一種政治正確的教養，當場，我笑了，表示贊成笑話傳遞的觀點。腦海裡卻不能不想起布勞岱的一段話：「光彩，財富，生活之幸福皆匯集於經濟世界的中心，在那裡，歷史的太陽照射出最絢爛的色彩。」

世界，當然，一直有個中心。

對一個從未離家的人，他的家鄉是他的中心；對一個正為愛情而喜悅的人，他的情人是他的中心；對一個剛出生不久的人來說，他的母親是他的中心；對一個國族意識強烈的人，他的國家和同胞就是世界的中心。

脫離了個人情感的唯心認知，旅人的世界中心卻再唯物不過。這個中心如布勞岱所形容的，壯麗輝煌，豐饒富足，所有人們對幸福的渴求、對進步的期盼、對富裕的追求、對奢侈的幻想，都將在此中心獲得實現。

不可諱言，為了見識世界中心令人眼睛為之一亮的盛況，進而期望活在相同的快樂裡，是人類最初始的旅行動機。十三世紀來到元朝中國的威尼斯商人馬可波羅，十五世紀前往威尼斯遊歷的人，十六世紀出門尋找香料金銀的歐洲探險家，十八世紀決定征服印度的英國人。一船又一船的使者和冒險家，朝旅人口耳相傳回來的地理座標出發，船艙裝妥各種貴重商品。期待換取遠方的香料、絲綢、金銀和鴉片，滿船而歸。

當時的旅人基本上是由一個世界中心，旅行到另一個世界中心。因為，過去的世界，並不是一個完整的大世界。旅人面對的，只有許許多多的小世界。各個世界各有其中心，緩慢而穩定地運轉，蓄養著各自的人群和文明。中心，或是一個城市，或是一個國家，以同心圓方式擴散影響力，把一塊區域納進自己的經濟文化體系。距離布勞岱口中「那個趾高氣昂的中心」越遠的邊緣地區，越容易遭受疾病、貧窮的襲擊，在整個層層架構的共生圈子裡也越容易被犧牲。

西方的大冒險時代，打破了這種均衡勢力，世界起了漩渦，所有中心進入了競爭的暴風圈，世界中心的定義自此強而有力集中指向一兩個中心，如十八世紀的倫敦，現在的紐約。換言之，旅人的旅行，尤其是西方旅人的旅行，讓散漫各處的小世界在過去兩三世紀內急速地交融，像進了一個高速攪拌器，攪出了一個全球化的世界。

現代旅人面臨的是一個逐漸同化而且彼此類同的大世界。頭一次，在人類歷史上，整個世界統合了。世界上再沒有人類不曾探索的角落，再沒有一個地區能單獨存在。現在的世界，對旅人來說，是更大的世界，同時也是一個更小的世界。住在一個印尼小島的人，他的祖先從來不曾像他如此強烈感覺到，一個陌生倫敦人的一舉一動，可以輕易在他的生活烙下痕跡。

迄今，讓古文明子孫最難吞嚥下去的恐怕還是這項事實：世界畢竟不是靠文化影響力在決定中心的。不是因為一個民族能夠燒出多麼精細感人的瓷花瓶，不是因為一個國家出產的手織地毯樣式多麼繁複華麗，不是因為一個區域流傳的宗教哲學多麼高超折人，不是因為一個文明發明了多麼了不起的成熟書寫系統。這些都是副產品。如霍布斯邦書裡引述一個美國官員的話，「領土擴張是商業的附屬品。」文化影響力也是。托爾斯泰藉由他小說人物的口，指出一個民族能夠對其他民族產生影響的原因，也許因為人口超出許多，更因為該民族擁有偉大精緻的文明。古文明的子孫多麼願意相信。

旅行越多，旅人的眼前彷彿張開了一張無形的地圖。這張地圖上繪製的不是一般肉眼可見的河川、高山、大陸、海洋的相貌，那是一個由縱向歷史和橫向政經畫分出來的世界地圖。

一張真正的世界地圖。

很多事理，驀然，都有了明晰的來龍去脈。一個國家之所以富強霸氣，一個民族之所以步向衰弱凋蔽，一座城市之所以曇花一現，眼前的這個世界之所以一面倒地傾向地球的特定一端，人類旅行的歷史解釋了一切。世界的中心，決定旅人旅行的方向；旅人決定了世界中心的方位。

如布勞岱所說，「那是一深固的歷史，我們不是來發現它，卻是來強調它」。晚生的旅人，面對先前旅人足跡踱畫出來的世界，默然無語。

孟買市高級住宅區裡，一戶權貴人家舉辦宴會。夜晚的清風吹不散印度濃密的空氣，一位保養得既肥又美的印度貴婦人向我抱怨，西方人多半不瞭解東方，且不關心東方，「連印度首都名字都不清楚。」她帶著輕蔑語氣說，「他們真是無知到了極點。不像我們亞洲人求知慾強，我們閱讀國際報紙、收看國際電視，我們很樂意知道西方在幹什麼，想什麼，也願意敞開心胸跟他們學習。可是他們呢？請恕我直言，真是一群鄉巴佬！」

又一次，出於政治正確的習慣，我微笑。

參觀過的一座古印度宮殿，此刻，如凸出的水印從我的記憶底層浮現：紅色石塊砌出雄偉高大的城牆，城牆內，陽光穿過層層建築的屋頂、窗櫺，在旅人頭頂投下繁複花俏的精細圖樣。一片大理石的冰涼之中，寶石的清冷光芒更見閃爍，我彷見，一位印度大君懶洋洋躺在他的寶座上，寶座已經因鑲滿珍寶顯得五光十色，還又鋪上一層顏色更見複雜華麗的手工織物。他清洗乾淨的一雙赤足，好整以暇地踏著一塊花費百名工人二十年勞動的巨大地毯。一大群渾身香噴噴、穿金戴銀的王后嬪妃們溫馴地躺在上面，個個以她自己獨特的方式綻放美麗，散發令人迷醉的沉靜氣質。奴僕大臣動也不動，雕像似地一路從宮殿大廳排列到城堡柵口，等候大君的使喚。

可是，大君這一刻什麼都不想做。他只想靜一靜，專心享受一下被無盡財富和無上權力包圍的滋味。他舒服地瞇起眼睛，準備讓隨時會來臨的睡眠席捲他。他心滿意足，哪裡也不打算去。他不需要。因為，世界自然會來到他的面前。

他，就是世界的中心。

舊報紙

你旅行，回家時，一堆過期報紙塞滿你的信箱。上面詳盡記述著你因離開而錯過的世界。

沒有其他任何時候，比旅行一陣子後回頭集中閱讀那些舊報紙，更能恍然大悟社會日常運作的零碎繁瑣，更能覺醒世上大部分的新聞實際上都是不值得一書的消息，更能發覺自己置身的世界其實是一個不斷自我重複的世界。標題上的名字來來去去，傳達的訊息卻大同小異，故事手法一成不變。只是裝模作樣地換了不同的樂器，彈奏的還是同一支曲調。

訊息的開始總是如此：兩個明星一起去了一間咖啡廳，媒體隨即捕風捉影，猜測兩人的戀情。兩人正式否認之後，卻聯袂一道出席一個宴會。媒體隨之又大作文章。然後其中一個明星上服裝店，被逮個正著，於是在店門口留下一抹不置可否的微笑。另一個明星在電視台等待錄製節目的空檔，發表了對愛情的看法。第三者咬牙切齒發誓他們倆已經深深相愛，無法自拔。於是，兩個明星又各自出面否認，同時「不小心」被發現在日本餐廳一塊進餐。媒體於是又大肆報導兩人相戀而且有同居的跡象，並採訪了與主角或相識卻不相熟的其他藝人對該戀情的意見。

平行發展的另一條線索似曾相識：一個政府官員說了一句話。媒體由此斷定未來十年的國家發展政策。

幾個民意代表跳出來強烈抨擊。隔天，官員澄清自己的說法。某位黨主席出面支持該官員的說詞。民意代表又看見新的漏洞，再度猛烈砲轟。官員發表新的說帖，順道參加了一家小學的畢業典禮。媒體緊跟著探訪了一個跟這檔子事壓根兒沒關係的另一名政治人物，他居然也大剌剌發表評論。這下子，所有不相干但自認聰明正直的人通通跳出來，聲隆巨響地敲打著專屬的鑼鼓，聲嘶力竭地在一片喧囂吵鬧聲中想讓自己被聽見。

在一連串猜測、否認、澄清、猜測、否認、再澄清的嘈雜過程，日曆紙一頁頁撕去，世界運轉著，人類進化著；真相，卻始終沒有在報章媒體上露臉。尋找真相的足跡，是一張張報紙苦苦循環自己的理由？

也許，真相旅行去了。

新聞標題如同人的臉孔。是禁不起在短時間被密集研讀的。當一張臉孔摒棄一切雜音，單獨出現時，即使再無特徵、平庸之至，都能散發他個人特殊的光彩，顯露一個生命的內在靈光。然，若在有限時刻內，快速輪轉幾百萬臉孔，那些臉孔最終將都看起來一模一樣。人類，剎那間，成了上帝工廠用一個刻模製造出來的汽車，差異只是序號的不同而已。米蘭．昆德拉說。

精品店和量販店的巨大差別即在：精品店從不曾將兩樣商品過度接近地擺置一起。透過奢侈的空間浪費，經過商品之間的遼闊距離，如此，你可以感受到一個昂貴的存在價值。擁擠，是抹去一個主體性最快速最方便也最有效的方式。

舊報紙是新聞的減價大促銷。面對堆積如山的新聞，旅人才意識到那也是一個量產過剩的工業。過度開發，過度競爭，過度剝削，使得每一則新聞的厚度，越來越像機器切出來的雲吞皮，絲薄得幾近透明；經一道入鍋油炸的手續後，更加酥脆香爽，入口即化。然而，不到兩個小時，你立即又覺得餓了。感覺，需要進食數量更多更輕薄好吃的炸雲吞皮。一口接一口，不能間斷。

長期被餵養如此缺乏營養的食物，旅人的體質日漸虛弱。他其實並不知道自己的身體是如何在等待一個適當時機向他抗議。直到旅行回來的那一天，當他耐著性子在昨日新聞堆中翻找，想要尋獲今日歷史的蹤跡，而他最後也真正找到的時候，面對大餐，卻發現自己已沒有能力一口吃下去。

因為，過度羸弱的身子已經不容許他享受真正的滿漢全席。

超時空連結

在路上久了，一天早晨醒來，以為自己在印度加爾各答。稍微清醒，想起來，是新加坡的聖陶沙。前一天搭了十小時飛機，飛過孟加拉灣，穿過麻六甲海峽。有路線卻沒有痕跡橫過地球一角。

走出旅館房間，翠綠的草坪上孔雀漫步，有張老氣臉孔的馬來猴子嬉戲，乾淨樸實的水泥小徑穿過大王椰子的樹蔭，一路通往沙灘。沙灘白沙細緻純潔，海水正藍，美麗的人們徜徉於無雲的淡青色天幕之下，互相親吻，充滿愛意。

那些在加爾各答看上去汙穢猥瑣的窮人呢？就在昨天早上離開旅館時，一個印度女人抱著孩子擋在我和計程車之間，她的紗麗因久未經洗而皺縮糾結，不再飄逸，她的臉孔如同馬來猴子有著許多皺紋，眼睛的緊緻線條卻顯出她真正的年紀。她不會超過二十五歲。孩子奄奄一息，發出臭味，不像個孩子倒像塊破布，疲倦地窩縮在母親的懷抱裡。他的母親伸手向我要錢。我把剩下的零錢都給了她，趁其他乞丐發現我和她的交易之前，關上計程車的門。

隨著關門的動作，我隨之獲得了一個新的時空。在新的時空裡，沒有惡汙積穢的水溝，沒有揮之不去的尿騷味和體臭，沒有飢餓的孩童，沒有難以行走的混亂街道，沒有震欲聾耳的汽車噪音，空氣不再如同煙霧般壟斷你的視線，你可以輕易從這頭沙灘望見對岸的新加坡港，數數港口停泊的船隻。太陽從船的桅杆反射光亮，在白天製造出夜晚星光的燦爛。

聖陶沙的海灘，美好得不似真實。加爾各答的街道，悲慘得失去說服力。

談論時光機器的科幻小說提出一個疑問：人類心智的設計究竟適不適合穿梭於不同時空？不斷在兩種不同時空裡來來去去，會不會混亂，失去分辨真假的能力？

一個從其他時空回來的人，對著自己時空的人大叫，「你們不是真的，你們不是真的，你們都只是我腦子幻想出來的東西。」然後，他們幫他注射了一種不知名的藥劑，在昏迷過去之前，他悲傷地想起被他遺落在另一時空的情人。當下的時空裡，情人並不存在。對其他在同一時空的人來說，她只存在於他的腦子裡。

他呢？除了一廂情願的解釋之外，他還能對所置身的時空做出怎麼樣的反應？身體所處的時空與心靈所在的時空，永遠一致嗎？何者才是「真實」？或，「我」願意相信的「真實」？在場性能夠決定真實性嗎？

對一個心靈上的旅人來說，真正困難的地方，不是去相信多重時空同時存在的可能性，而是去相信世上果真有某個特定時空的存在，可以讓自己安身立命。旅人因之能夠容許自己去依賴，去扎根，去信任該時空所給予的一切，包括價值、文化、傳統、道德、思想和生活方式。

轉換時空是一個殘酷的心靈活動。每次旅行，眼見著一個舊有時空的消失，你曾經所喜愛的習慣的敬仰的一切也跟著粉碎，不見。新的真理在新的時空迅速被架構起來，彷彿已經在此存在好幾個世紀，隨著下一次移動，無聲地在旅人面前崩潰。

眼見樓起，樓落。一個城市崩毀了，另一個城市的生命還未開始。

沒有永遠存活的獨裁者，也沒有永遠偉大的哲學家。

你變得無法相信世界上有什麼真理是完全無法被撼動。你見到不同的思想，各自發展成一個完整體系，相互對立，都慷慨激昂，都熱情純真，都隨時準備犧牲以捍衛自身思想的正當性。在硝煙味濃重的戰場上，旅人想的是，我究竟應該站在哪一方。

無法決定。每一個思想都擁有在場性，但誰才有真實性？誰的痛苦最急切？誰的快樂最虛妄？誰的冷淡最可惡？誰的熱情最惱人？

見識到不同時空的存在，不是什麼了不起的事，要緊的是要拿這些經歷做什麼。能從中提煉出什麼樣純粹的人性，美麗的詩意，或精華的思想。

於是，剩下最後的一個問題：拿哪一個時空的信仰去過濾自己的所見所聞呢？

路上，抬頭，天空淨一個灰色，趕路的步伐揚起塵土，整個世界失去色彩，前程平板混濁，肉眼無法辨識前方風景輪廓。旅人不感到奇怪。

當人類開始學會旅行，那個是非黑白分明、真理晶瑩剔透、信仰堅若磐石的純真年代便已然結束。

在異環境中旅行

她坐在新加坡機場，慢慢滴淚。往馬尼拉的班機即將起飛。藍色眼珠追逐著路過的中國人、馬來人、印度人、日本人、泰國人，她感到自己是一座在戰爭中陷落於敵軍的城市，孤獨，無助，等待救援。

「這一切都太異國情調了。我是一個歐洲人，我習慣大陸氣候，那裡的食物、語言、文學和思考方式」，她帶著恐怖目光環視四周，收緊肩頭，顫著下巴，「眼前這些是什麼，我不理解。」然，旅程還未結束，她暫時還不能回去。她為此而受苦。

並不是每一個人都喜歡旅行。雖然去到遠方接受刺激，是一種令人嚮往的概念，異環境的未知、陌生、特殊，卻引起旅人生物上的不適和心靈上的恐懼。如何能夠旅行，又不必真正旅行，能夠進入異環境，又不需全盤接收，成為旅遊工業化的一個大方向。即，消除異環境的真正氣味。

旅遊手冊裡有著大量提示。例如，選擇適當的旅遊季節，避開「討厭的」異環境氣候。「十一月至隔年三月是旅遊該地的最好時機，乾燥溫暖，之後，先是三個月雨季，緊接夏季來臨，炎熱之至，有中暑危機，容易生病。」還有許多該吃與不該吃的當地食物。在哪裡取得這些食物也有詳細推薦清單。幫助旅人加入當地景色，卻排除了具威脅性的異環境因子。

旅館是另一個機制，過濾並暫時隔絕旅人與異環境的全面接觸。旅館就像旅人的活動堡壘，每天出去衝鋒陷陣，一身汙泥，卻總還能夠安全回來，進到規格化的空間，使用熟悉的生活設備，無須適應或遷就異環境的居住條件。但，沒有了真正異環境的居住風情，旅人又會覺得少了些什麼，精緻化的旅館於是懂得設計建築的外觀，或乾脆改裝當地的老房子，適當擺設當地的日常器皿於房內，掛設當地民俗藝術作品，同時，不忘悄悄裝進當代旅人渴望卻羞於承認需要的空調設備、沖水馬桶、浴缸、彈簧床、電話、冰桶與裝有ＣＮＮ電視頻道的電視機。旅館內外，溫度、溼度的指標屬於兩個世界。

旅遊工業的發達手段幫助旅人條件式地進入異環境，保留環境的大景觀，但，有效殺菌，清除異己，讓旅人能將全世界當作自家客廳般走來走去。

旅遊工業系統的最大成就，是野生動物園與島嶼渡假村。

乍看之下，野生動物園依然保持非洲大陸的原生風貌，動物們維持著他們的生活方式，獅子仍舊喜歡攻擊羚羊，長頸鹿日復一日吃著樹梢的嫩葉子，河馬泡在泥水裡噴氣。卻有一條人類的柏油路，如同切過的蛋糕上一條明顯裂縫，細細卻堅定地，畫過黑色大陸，將動物習慣的一個世界分成兩半。必要的地方，鐵絲網被架起。而，當人類進入這個動物世界，帶著槍。對不起，我們不參與野蠻的食物鏈遊戲。我們來「參觀」，保證是安靜的觀眾，而且明天就走。我不是你的晚餐。你我之間沒有未來。

島嶼渡假村是另一個神奇，成功改造異環境為無菌的旅遊環境。眼裡見到原生自然植物，呼吸海洋新鮮氣息，太陽毫不造作從海面升起、落下，彩色蟲鳥四處鳴唱。沿岸海灘彷彿由細砂糖鋪成，甜蜜溫柔，沒有死去的魚類或樹幹屍體，正在腐爛。你的沙灘之所以這麼乾淨，是因為每天早晨有工作人員拿著大掃帚耙過、清過。

你放心赤腳往島嶼深處走去，因為從客服手冊上，你知道，所有不利你走動的「東西」——不論動物還是植物——事先都已被小心移除，只剩下一兩隻無傷大雅的巨型蜥蜴，其觀賞用途大過生物用途，供路過的你和同伴大驚小怪，拍照留念。

這是一座熱帶島嶼，又不是一座熱帶島嶼。真正的熱帶島嶼讓你嚐到天堂的滋味，同時也讓你付出身心代價，皮膚過敏，上吐下瀉，脫水休克，緊張驚惶。

經過人工精心整理後的熱帶島嶼，不再帶來旅遊副作用。嫌熱，能躲進你的渡假小屋，將冷氣溫度調至舒適的攝氏二十三度；拿起電話，立即有一杯新鮮冰涼的柳橙汁送來；外面椰子樹搖曳婆娑，它的優雅擁有永久保固期，因為一旦枯萎，工作人員就會掘起，植入另一株全新的椰子樹；草叢茂密旺盛，但永遠不會高過你的足踝，只會像絲綢織成的地毯般，乖巧冰涼地墊在你剛走過熾熱沙灘的腳板下。

是在如此的熱帶島嶼渡假村，她終於感到平靜。我們仍在菲律賓，卻也已經離開菲律賓。同一個國度，存在著兩個不同的現實。剛下國際線飛機，換私人小飛機來到百拉灣群島的一個渡假村前，接駁的汽車駛過馬尼拉市，髒亂貧困的市容令她焦慮迷惑。如今，碧玉海水在太陽下發亮，珊瑚礁清晰可見，她數著游過的熱帶魚，手中拿著剛出爐的法國牛角麵包，喝咖啡，轉過頭對我說，「旅行真的很不錯，不是嗎？」

如何不帶燻鮭魚旅行

他們要旅人出門之後，不會斷了聯繫。不，他們不是希望旅人每到一個新的地方就寫張明信片，勤打電話回去。他們並不需要旅人的消息。他們要的是，離開的旅人持續聽見他們世界運轉的聲音。轟隆轟隆，轟隆轟隆。

傾聽，那是一個雄偉帝國軍隊邁開大步行進的聲音。

一家跨國商業電視台的廣告打上一個問句：「在接下來的幾秒鐘內，

你將見不到任何一條商業新聞。」然後是五秒鐘的黑色螢幕。沉默無聲。終於一行白色字幕從一片黑暗中如曙光浮現：「你還能忍受嗎？」他們勸告旅人，旅行時，別忘了住進一間裝有該電視頻道的旅店。

新的旅行時代裡，在大型國際機場的各個角落，你可以找到一群電腦像嚴肅小兵般排隊站立。無須付費，就能在這些小傢伙身上閱讀電子郵件。打開手機，人在印度，能接聽倫敦來的國際漫遊電話，並於體積愈來愈輕巧、螢幕卻越來越寬大的手機上瀏覽即時新聞，查詢旅遊資訊，找出一張自己置身城市的街道圖，告訴異國計程車司機你建議行走的路線。

旅館房間的電視不僅提供你熟悉的電視節目，也讓你舒舒服服身穿寬鬆浴袍，聞著自己身上散發的肥皂清香，斜躺在柔軟乾鬆的大床上，拿起遙控鍵盤，上網；輕輕鬆鬆付掉因遠離而無法處理的各式帳單，和聯絡因匆忙上路而受了冷落的朋友。電話響起，一個人找到了你，因為他從你的旅行社紀錄或一封你發出的郵件或你的行動電話公司什麼的某一個管道，在偌大無際的世界裡，如同拿筷子空中挾蒼蠅一般，神奇又精準地尋獲了你的位置。

資訊革命創造了一個虛擬世界。

在新的虛擬世界裡，原本相異偶爾相斥的時空透過科技，得以相互聽聞，相互濡沫，進而調整速度、同步運轉，成為相容的一個時空。在這個虛擬時空裡，旅人的觸角伸得更流暢快速，更無所邊際，同時也更加無處可伸。你離開，卻不是真正的離開；你出發，卻發現自己依舊活在那個理應暫時丟棄在身後的時空裡。虛擬世界跟著旅人移動的方式，並不是像場永不結束的夢，如影隨形地附著在旅人身上，它是如來佛的厚實大掌，將渺小的旅人牢牢握在手裡。

起初，那是一種令人陶醉的方便。旅人帶有某種狡猾的快感，以為出門旅行的自己是躲在暗處的觀察者。你觀察新世界的鮮奇亮麗，同時能反身回頭遙控自己的世界。透過電話、傳真、網路，旅人享受著兩個世界的精華，不時隨時穿梭、離開、到達、來去。如同一個說法文也懂日文的旅人，當他在其中一個語文的交談聽見喜歡的話題就高談闊論，耳聞自己不贊同的論調時，他就把自己的溝通頻道關閉，搖搖頭，突然就忽略了對方的要求，因為他聽不懂或不真正願意聽懂，總之，他深感抱歉，態度顯示一種無邪的拒絕。對方完全無可奈何。

旅人洋洋得意。可是，不久，他就不懂得學會如何攜帶燻鮭魚旅行，也得學會如何不使用傳真機之類的高科技產品。

一位德高望重的長輩向我抱怨，他即使去了峇里島，他的屬下總還能夠拼命傳真文件到他的房間。他無奈卻又高興地說，下一次旅行，他的重點要放在消失這件事上。

我並不擔心消失的問題。對個人來說，消失本來就是輕而易舉的事情。這個世界從來就不怎麼在意一個生命的存在。關鍵向來是你願不願意消失，而不是能不能夠消失。

旅行作為一種消失的方式和提供消失的功能，在現代，如此過分被強調，卻正恰恰彰顯了旅人的不願自動消失，或不能消失。

我們有種焦慮，而這個焦慮是正確的，即這個世上沒有一個人是無法替代的。我們知道，只要我們走開，就會有新的人會占據自己的位置，取代自己在世界上即使在當時看起來非常重大的功能；並，在失去一個即使在當時看起來很重要的一個人之後，這個世界復原所需的時間短得令人簡直無法接受。

所以，當傳真機、行動電話、網路被發明的時候，最受益的其實是那些離家已遠、卻還對自身社會懷有野心夢想的旅人。他們能夠離開，同時，仍無所不在。他們居住到他方的城市，卻對家鄉發生的一切事物瞭若指掌；他們飛行了十萬里，卻依舊在隔天清晨參加公司會議。透過電話擴音器，他駁斥同事，他的論點從來沒有這麼清晰有理，語氣從來沒有如此堅定有力。距離，反而無形增加了他發言的神祕威嚴。

身體上，旅人已經處於不同的世界；精神上，卻還在同一個世界。一個科技虛擬出來的大同世界。在這個世界裡，你們跟以往一樣為決策爭論，為權力行使而爭奪，為在同一個社會生活而彼此調適；在這個世界裡，距離消失了，理應缺席的旅人卻依舊留在原地。

科技幫助旅人不費力氣繼續參與暫時離開的舊世界，很快地，舊世界循著同樣管道回頭控制了遠在天邊的旅人。無論去到哪裡，旅人都可以被舊世界找到，同樣的世事、同樣的人情、同樣的規矩、同樣的網絡，穩穩地網住了身在遠處的旅人。無處可逃。

於是，縱使舊時空已在十幾個飛行小時的萬里之外，新時空仍然爭取不到一展身手的機會，可以好好對旅人下功夫。因為，旅人的感官完全無法騰出空位，接受異地環境的刺激。那不知名植物散發的強烈氣息，強大溼度幫助植物如軍隊一般蔓延吞噬了整座城市，並結出新鮮可疑的果實；不同人種試圖發送的友善訊息，述說遠古時代一位君王怎麼為了掩飾自身的墮落奢侈，而不惜引入敵國軍隊以殲滅反對他的宮廷勢力；在沙漠就地取材的砂質宮殿，曾經為水沖毀一層圍牆，在百年後，仍隔著兩百公里與截然不同風格的大理石華麗建築對立。

旅人全都視若無睹。那一切一切新國度想要投射的各式有趣訊號，在抵達旅人的開放感官的路上，被那張高科技畫出來的無形網擋住了。

網中，被密密包裹的旅人忙著打電話，收傳真，在手機上讀那些在家鄉時便一讀再讀的訊息，並為了看不到一向準時收看的七點新聞而焦躁不堪。

他的腦子容不下新世界的故事，因為他仍忙著吸收舊世界的故事；他無法在新世界交朋友，因為他依然在處理舊世界的人際關係；他不能關注新世界正在發展的文化，因為他還在急著趕上舊世界的腳步。如一樁因處理不當而不甚令人欣羨的三角戀情，在與新世界墜入情網之際，旅人依然猶疑著，留半個身子繼續與舊世界的情愛糾纏不清。

或許，他害怕，離開旅行一陣子之後回到當地，他將落後於一直拼命向前推進、在他旅行時也不曾休息片刻的社會。他將會被拋在整個運作系統之外，在權力中心之外，在資訊浪潮之後。他將只能是一個觀察者，而不再是一個參與者。換言之，他將在自己的社會變成一個永恆的旅人。

十九世紀之後日漸成熟的工業系統，釋放了一些多餘的勞動力空閒，人們於是開展出一種所謂的休閒概念，旅行也在這一波新生活方式轉型，由國家級的經濟冒險與軍事征服，轉為個人範疇可以從事的閒暇活動。

旅行，被描述成能夠帶給個體歡樂，提供知識，健壯身體，打造心智；但，無論是哪一項功能，都得透過一個異環境來呈現。長途跋涉到一個嶄新地理或人文環境，接受視覺上、經驗上、身體上、知識上的震撼，是旅行的意義。旅人從那個已經固著不變的環境抽身出來，為了一個美麗的未知。暫時放棄那個被生活磨練得僵固又頑強的自己，準備像一塊定型的冰，重新融化成流動的水，在下次結冰之前創造出嶄新的形狀，甚至，從此保持液體狀態。

當工業革命幫助人們獲得休閒的自由，又在後工業時期發明越來越多的高科技產品，宣稱能夠幫助旅人能一面旅行，而又一面和自身社會保持聯繫，旅行的意義似乎正逐漸被消蝕。這些高科技產品，從某個層面，就像打造了一個完善的冰箱，全世界都裝在裡面，將旅人妥善地冰凍著，不必擔心旅途上會遭遇的融化問題。於是，就截斷了所有形狀創新的可能性。你是一個正方形的冰塊，周遊世界八十天，回來的還是一塊正方形的冰。所以，你永遠可以再嵌進你離開時在舊社會留下來的空位。穩穩當當，大小剛好。

旅人在新時代能夠比一隻鳥兒更輕盈地移動，卻再也不能像流水一般自由地遊蕩。

當他們興奮地宣稱，即使飛過了地球上最寬闊的海洋，去到了你夢想中所能到達的最遙遠之處，你仍可以隨時跟他們接觸，知道他們的動向，跟上他們行進的步伐，焦慮落後的旅人幾乎忘了自己當初決定要往反方向前進的原初動機：尋找一個不一樣的世界，遇見一個不一樣的生活，理解一個不一樣的目光。

旅人豎耳，想要聽見，來自另一個陌生世界的聲音。

城市與鄉間

在城市旅行，看見的是人。在鄉間旅行，看見的是自己。

常常和朋友爭論。有人堅持城市的旅行不算真正的旅行。你終究只是在人造環境裡活動，從紐約的咖啡廳換到了土耳其的咖啡廳，自米蘭的時裝店移進了香港的購物中心，由東京的書店竄入了紐約的書店。建築物風格也許多變，裝潢或許出奇推新，文化內涵可能改頭換面，旅人卻沒有真正脫離自己熟悉的境地。一個老在台北街頭逛五金雜貨行的人，依舊在倫敦街頭諄諄追尋相同的樂趣。「一日為賊，終生脫不了這個勾當。」

但是，就算解了基因之書，人類畢竟不是上帝。城市是人類試圖扮演上帝、創造自我生存空間的成績。固然豐富有趣，卻比不上自然的奧祕。那是不解的智慧，超乎人類的極限。比如，蘇格蘭天空的色彩，人類只能模仿、衍生、再創作，卻永遠不會是那個最初始的原創者。

七月的羅馬尼亞鄉間，晚間九點，夕陽還只是逼近山頭，徘徊。蟲鳴鳥語，和風徐徐，緩緩飄來花草植物自然散發的清香，老奶奶坐在庭院裡閱讀報紙。對我說。「這是一整天下來，一個人終於願意跟自己和解的時刻。」

同時間，若在某個大城市，可以想像：電話依然響個不停；電腦開著，電子郵件仍頻繁地送進送出；許多約會剛剛訂定，人們塞於車陣中，焦躁趕路；餐廳桌子插滿鮮花，侍者打足精神等待第一批客人上門：音樂廳後台樂手為樂器調音，街頭舞者抓住人潮盡情表演賺錢；男人女人期待浪漫的實現，孩子在出世的路上；便利商店交班，夜班人員一天的工作才正開始。

整座城市裡，慾望瀰漫，衝勁充足，所有美好的、醜陋的、刺激的、罪惡的、有趣的、瑰麗的、難忘的、墮落的、新鮮的一切，蠢蠢欲動，即將上演。就在旅人面前。

坐在鄉間的旅人，耳裡不聞車水馬龍噪音或商店沸揚樂聲，沒有美麗的人們和他們戲劇化的生活可供琢磨。眼前，只有幾朵雲，逐漸黯淡下去的天色，一株結實纍纍過重而彎腰駝背的蘋果樹，一彎慢慢發亮的白色月亮，一隻無聊透頂的貓，一位睿智的老奶奶。空氣中充滿鄉野的氣息。一片灰暗柔美的寂靜中，露水悄悄沾上了枝梢的樹葉，在月光下發出黯淡的光亮。

突然，蟲子不叫了，鳥兒不啼了，四周原本充斥著各種聲音，極有默契地在這一刻停止。純粹的寂靜。旅人有種錯覺，以為時間停頓了。

達爾文曾寫道，「處身荒僻之地，無人毫不動容，也無法不覺得人的內在除了呼吸之外，還有些什麼別的東西。」

旅行作為一種離開

當一切旅行條件都已經俗不可堪，毫無創意的時候，新一代的旅人依然繼續出發。他們依舊渴望經歷，置身於超越自我想像力的風景圖畫中，認識一棵陌生植物、幾張新鮮的臉譜或一種神祕情境。

如此意想不到，超脫尋常，旅人心神蕩漾，將自己交託出去給新的時空。

新的時空。窮盡幻想，自己，可以在怎麼樣的一個新時空。而這個時空，可以像電視頻道一樣，一不如我心，立即轉台消失。

「對不起。許小姐明天就回去了。」許舜英說。

「當旅行不順意的時候，最大好處是，我隨時改變我的路線。」保羅索魯說。

因旅行而出現的時空，來來去去，具有短暫、易逝的曇花性質，小於旅人的意志；因為不只一個，所以可選擇。在出發的地方，時空只有一個，固著不變，大於他的意志，籠罩他的存在。沒有迴旋空間。說再見是一種特權。一種幸福。這表示你有選擇，因此讓人嫉妒。每個人或多或少都被限制在某個時空裡，不管自己認命或不認命，喜歡或不喜歡，你在這個框架出生，移動，說話，生活，長大，老去，死亡，遵從一些約定俗成的制約，這些制約並不寫在法律條文裡，而是隱含在普遍的行為方式中。一旦可以移動於框架之外。就算是短暫的，一天、三個月、兩年，都能體會某種意義上的解放。

旅行，不見得是離開。但，是一種脫離。脫離制式的生活、呆板的身分，脫離別人給你的遊戲規則，脫離那些無聊自以為是的人生廢話。你，可以，不再站在那裡；你走開。就算短短五分鐘。也好。

逃避，是視而不見。脫離，是當著對方的面轉身離去。不要想從我這裡得到什麼，因為明天我就不在這裡了。我無須接聽你的電話，不必忍受你的恫嚇批評，根本懶得隱藏我對你的不尊敬。我不與你同在一個時空。我有我自己的時空。

旅人的時空奇妙不可言喻。既集結了所有時空，卻又從中抽離。當坐在飛機上，穿過國際換日線的那一刻，旅人經歷的時空不是日，也不是夜；他不屬於 A 地，也不屬於 B 地。他也許還是不全然擁有自己，但，至少，在那一刻，他也不受制於任何人。

在旅途上，旅人時常感到孤獨。因為他見到了其他時空在四周浮動，卻都與他中間隔了看不見的東西。他被整個世界隔離開來。然而，這種孤獨是一種健康的孤獨。當全世界的人都活在嚴肅消沉的特定時空裡，極力追趕世界的腳步時，旅人是唯一合法的怠惰者，他不必急著趕去討好上司，因資訊焦慮而每五分鐘上網讀一次新聞，忘記存錢購屋的長期計畫，併將令人憂愁的愛情暫時擱置。

他喜歡，因為他喜歡；他厭惡，因為他厭惡。他不必因利益關係而去頌讚一座無奇的建築物，也不必擔心有誰會因他的評語而受傷害，乃至對他採取報復。因為，他一點也不重要，人們說。他只是一個過客。旅人被容許為世界所遺忘。他不附著在任何特定時空裡，不斷來去，滑溜，且狡猾。無法讓他負什麼責任。

旅人以為自己是自由的。雖然，自由也許是假象。

「每一個人身上都拖著一個世界，由他所見過愛過一切所組成的世界，即使他看起來是在另外一個不同的世界裡旅行、生活，他仍然不停回到他身上所拖帶著的那個世界裡去。」夏多布里昂在他的《義大利之旅》寫道。

無論去到哪裡，旅人還是他自己。自己不變，環境變了，也不代表心靈上的真正改變。眼睛看到的即使是新的世界，卻還是舊世界的心靈在重複過去的詮釋。

而且，過度自由是一種刺眼的奢侈。有時候，旅人感到罪惡，觀看他人鎖在一個緊張機械的時空裡，因為自己卻無所事事，悠哉拖拉著步伐，毫無目標地存活。你會問起自己關於存在價值的問題。

旅行的時間，是空白的時刻。被抽離一個固定習慣的時空之際，旅人頓失所依。像從軌道上憑空浮起的一輛台車，輪子還轉著，卻暫時脫離速度的驅力，思考自己跟地面的關係。

在昆德拉的小說《生命中不可承受之輕》裡，離開了捷克的特麗莎並沒有感受到自由。她迷惑，惶恐，眼睜睜見她最愛的人在心靈上與她拉開了距離。他已經進入了新的時空，她卻還留在過去。她於是覺得軟弱，無法抗拒向下墜落的慾望。她回到捷克。等待她的丈夫回頭來拉她一把。一個旅人踏上了旅途，真正觀察的對象不是繽紛撩亂的異都風光，思考的投射也不會是異國文化，他其實還是在評估自己。重量自己與原有世界的距離：多近，才能表示親密；多遠，才會引起思念。

多久，才可以回去。

離開，之所以讓旁人厭惡，因為暗示了丟棄。然，僅僅從旅行看出離開這個動作的人，看見了空間的移動，看見了背叛，看見了虛無，卻看不見生命的本質。因為我們都是透過了「輕」，才理解「重」；透過了「死」，才認識「生」；透過了「疏離」，才知道「親密」。透過了旅行，旅人學習了起始與結束的生命意義。看見世界的形成，和自己毫不足奇的存在。

不可告人的旅行

旅行，完全地不可告人。

旅行為什麼會具有如此私密性，因為旅行跟生命經驗關係密切。旅行就像生命中偶爾發生的奇妙經驗，在突如其來的某一刻，恰是你最無防備之際，事情發生了。你不知道為什麼發生，如何發生，那不在你的控制之下或計畫之內，它就是發生了。

而，你的感覺是那麼驚天動地地美好。

你希望再重頭來過一次，卻很清楚那是永遠不可能再發生的事。作為一個旅人的最大悲哀，即是你剛剛喜歡或習慣了一個景致，你馬上必須離開。你可以再度舊地重遊，但是一切都將改變，眼前見到的景色、呼吸的味道、吹在身上的風度、旁邊的親愛伴侶以及這個年紀的你，也許不會徹底消失，但，確定改變。當時的情境、心情、感情，那些想要保留的主觀感受和客觀環境，勢必一去不返。

旅人之所以喜歡沿途記錄，或許，也就是因為知道自己識到的世界萬物都具有稍縱即逝的性質。旅行是一種美麗的經驗，而美麗的經驗通常銜接了生命最深處的神祕感動，雖然只是一瞬間的觸動，如同天空突如其來的一道閃電，但這道閃電是如此明亮輝煌，一下子，旅人眼前的世界便豁然清晰。

你的視線如此清楚，你能望得比自己夢想中的還要更遠。

頃刻間，旅人輕而易舉便相信了一種真正高尚價值的存在性。並且，在當下，他堅信自己與這些價值結識了。前所未有地。比任何一個先他之前、在他之後的旅人都要結交更深。

而這種經驗是不可轉述的。神蹟，向來只有願意相信的心靈才會認可。其他人只會當作笑話看待。

我不曉得那些所謂的旅遊文學、精彩圖片、電視節目能轉述多少關於旅人單獨看見的世界。老實說，我也不以為他們能做到。旅行是這麼屬於個人經驗的範疇，就好像讀了再多精彩的羅曼史，都不如自己親身經歷一場結結實實的戀愛。

而且，必得在戀愛之後，回頭讀那些羅曼史，你才會發現就算再不入流的言情小說，都曾經對愛情做出一些正確的觀察；再庸俗的流行歌曲，有時候，還是能夠唱出一兩句再老生常談不過的道理，在夜深人靜的時候，令光腳的你站在浴室鏡子前，發怔失魂。

當朋友在酒吧聽見一首歌，她嘰哩呱啦大驚小怪起來，牛瞪眼睛，要我們全體肅靜，一同聽著「那首她在愛爾蘭旅行時停駐過的一間都柏林酒吧當時正在播放的一首歌」。歌，是一首再普通不過的歌。旋律尋常，音樂性極不豐富。甚至不是一首愛爾蘭歌手的作品，而是美國流行排行榜某一季的暢銷曲。歌手的嗓音很糟糕，你能說這個人除了唱歌以外做其他什麼事都會很好。

但是，我的女朋友露出非常陶醉的神情，我們其餘人只能閉嘴。她的感動從頭至尾都不曾感染到我們任何一個人身上。事實上，她的過度熱切顯得矯情誇張，彷彿她只是想要賣弄一下她的特殊文雅，如一個自戀極深的女高音需要所有人拍起讚賞的掌聲，投注豔羨的目光。

然而，我相信，就她個人而言，她的感情必定還是擁有某個真實的部分。

有時候，你會在餐廳點一碗奶油鮑魚濃湯，滿心期待服務生將湯端來時，可以用湯匙勺起滿滿一匙的鮑魚，結果卻失望地發現鮑魚只有一兩片，還不及用舌尖細細品嚐，就已經被牙齒過度咀嚼並很快吞進肚裡。但是，不可否認，你還是吃到了鮮美的鮑魚。雖然數量遠遠不如你所期望的，但是它的存在性卻是無庸置疑。這是我看待我女朋友那過分華麗的情感表現時所保持的態度。

即使，某個層面，她和我之間，有點像基督教徒和回教徒對話的牛頭不對馬嘴。雖然都信了神，卻沒有因之靈犀一點通。

因為，旅行是私密的。跟宗教一樣，只存在於你與上帝之間，跟別人沒有關係。

一個旅人和另一個旅人並不見得能夠認同或理解對方在旅行上所獲得的靈感。同一個地方，每一個旅人見到的都是不同的世界。因為，不同的時間，不同的天氣，不同的季節，不同的年分，不同的眼睛，不同的人生經歷，不同的個人興趣，當然，就會衍生不同的詮釋和印象。對被觀光拜訪的城鎮來說，這麼些許許多多迢迢來訪、想要從它身上取得特別感動的旅人，它的位置也的確幾乎像是一座教堂之類的神的居所，每個人可能都懷有約略相同的目的與希望前來，卻各自帶著不同答案離去。

神就是神，沒有改變。就好像佛羅倫斯一直是佛羅倫斯，不管來的人是寫中世紀《君王論》的、畫教堂天花板的、寫中國現代詩的、還是大字不識一個兒的。他們來了，各自攫取了他們想要的，然後心滿意足地離開或從此留下來。

每個旅人的旅行經驗就如一瓶瓶裝釀的紅酒。雖然表面上都裝在相同的瓶子裡，貼上相同的廠商標籤，代表從同一家酒廠出品。然而，不一樣的年分，釀出不一樣的風味；一年中不一樣的月分，又會造成極大的不相同。而，在沒有開瓶之前，你不會知道那麼些細緻的差別。拿起那些看起來比孿生子更像孿生子的酒瓶，以為這不過又是一瓶大量生產的法國紅酒。

開瓶之後，紅酒香味如同阿拉丁神燈內被囚禁已久的精靈從瓶口飄散出來，一連串關於釀酒年分的記憶迅速在空氣中擴散，通過你的鼻子，在你的腦子裡生動復甦，不過幾秒，你知道了當時的天氣、空氣溼度，對葡萄產量與品質有了粗略印象，你的眼睛甚至隱約看見一片綠色藤蔓組成的汪洋在陽光下波光粼粼，纍纍紫紅色葡萄如點點帆船間歇出現，一兩個法國農人彎腰駝背，皺著眉頭，粗糙的大手摸索著葡萄細緻的外皮，囉囉嗦嗦在埋怨著一件比無聊更無聊的瑣事。紅酒瓶身上那張樸素、幾乎剝落的貼紙，忽然，有了新的意義。

一張看似普通、缺乏美感還兼失焦的旅遊照片，對當事人來說，永遠具有說故事的能力；雖然，大部分時間，到了不帶私人感情成分的旁人眼裡，那確確實實只是一張普通、缺乏美感還兼失焦的旅遊照片。

弔詭的是，旅行曾是傳奇的發源。在過去多少個寧靜夜晚，一個說故事的旅人，能夠教所有人屏住氣息，目不轉睛。

夜深，在我的女朋友說完她的旅行故事以後，一群人即將散去。仍盤據在冷清街頭，有一搭沒一搭地延續談話的尾巴。整個晚上都沉默不語的一名男孩子對我說，他的耳朵一個字兒也聽不進她的旅遊經歷，因為他忙著回憶自己的旅行。

我說：「彷如聽了別人的初戀故事，就會想起自己的青澀初戀，是不？」

他聽了大笑：「而且，每一個人都會認為只有自己的愛情是獨一無二的，驚世動人，且高貴脫俗。其他人的愛情都不過是庸俗的遊戲，人性的重複，完全不值得一談。就連失戀，也只有自己的痛苦最真實，角色最無辜，受傷最深切；別人失掉了愛情，則是愚昧所導致的不幸。人生有些事情，譬如愛情和旅行，是完全無法與人話清楚的；也，只能留給自己收藏。」

安靜了一會兒，他重新開口，「妳想聽我的愛情故事嗎？」

當旅行的終點是死亡

飛機即將落地。

最後五分鐘，這架由巴黎航來的飛機在桃園國際機場上空盤旋。我坐在走道邊的位置，身後是洗手間。裡面的女乘客進去許久，空姐敲門，要求她趕緊回座，扣緊安全帶，準備降落。沒有反應。空姐找來身強體健的男同事，撞開那扇強化塑膠門。

尖叫。頓時，艙內氣壓似乎變了，許多人開始呼吸不順暢。一團混亂。我轉頭，看見一具直挺挺的身體被拖出來，擺在走道地面上。感覺，女乘客的秀髮正搔著我的足踝。輕輕地，帶點羞怯的禮貌。

低頭，她的眼睛正對著我的。但，她並不真正看著我，她的目光似乎穿過了我的腦杓，望透了艙頂，睜睜盯著藍色天空。她躺在雲朵上端。

機艙長先用英語、中文、後有法語廣播，要求乘客是醫生者請即刻給予幫助。兩三個年輕空姐圍著女乘客放棄了的身體，慌慌張張拿來繃帶、藥水、剪刀、頭痛丸，四處散落，不知所措；終於，有一位空姐決定跪下去，雙手按在那具身體的胸口，進行心臟按摩。空姐劇烈動作著，她就在我的手肘邊大口喘氣，從她肺部出來的氣流間歇性拂觸我的肌膚。

坐在我旁邊的法國人，也是這家航空公司的空服人員，他免費搭乘這架班機，前往台灣休假。一位我們共同的朋友，安排他坐在我的身邊，希望我利用長途飛航時間，給點建議，助於他的台灣之旅。當時，他越過我的肩頭，俯身檢視該名女乘客，搖搖頭，用一種評論時事的口氣，「旅行回家途中發生這種事，就叫樂極生悲。」

前座的乘客回過頭，表明身分是某大佛教組織的成員，要求我跟著她們唸經。在我沒有任何反應之後，她兇惡地恐嚇我，「不肯作善事，下場就是這麼難看。」似乎被自己話語的嚴厲性嚇到，她撫住胸口，趕緊唸句阿彌陀佛。不約而同，我們一起將目光投向躺在地上的女人。

她空洞地回望。

飛機落地。急救床搬進機艙，女乘客立即被送往醫院。所有乘客因此被擋住，一時無法下機，怨聲連連。

關於旅行，有一些迷思，像是旅行必定浪漫，渡假必定歡樂，自助旅行就是流浪，異國都會有豔遇，臨上了真實的死亡，所有神話都被扯得稀爛。

旅行與死亡的關連密切。旅途本身就能致命。現代旅人已經慢慢忘記這項可能性。旅行工具那麼先進，移動如此方便，旅館系統完善普及，第一代旅人如航海者所面臨的大自然威脅，食物營養引起的疾病，水土不服的折磨，似乎不再存在。似乎。卻沒有完全消失。

當一趟小旅行的結束，意外地，直接連接到人生這趟大旅行的終點，旅人一去不回。航海家麥哲倫被土著殺掉，尋找香料的水手敗壞了全身血液，長途征戰的士兵們身首異處，原本打算搭遊輪的德籍旅客跟著協和客機在空中爆成一團火花。

旅行包含了起點和終點，中間過程是短促的，暫時性的，非永恆的；

隨時都會結束的一個狀態。把人生比喻成一趟旅行，象徵了人類對生命的理解。任一名發現新航線的偉大冒險家，或一個沿路被搶被騙被扒的懦弱觀光客，無論旅途順遂或困頓，風光奪目抑是平淡；終究，旅途將告一段落。或早或晚。

而旅人是臨近黃昏仍在外頭玩耍不肯回家的孩子。瞇住眼睛，面對即將為黑暗吞沒的世界，戀戀不捨。遲遲不願離去。

旅行所帶來的快樂如此深沉，如此強烈。有時候，那種純粹的快樂壓倒一切，直接聯繫到死亡。據說，百分之八十的旅客來到尼加拉瓜瀑布，第一個念頭是死亡。富士山仍是日本人選擇自殺的熱門地點。旅行，讓人類脫離自己能力範圍內建構的生存，直接面對另一個更宏大更持久更美麗的存在。幾乎，我們也以為能為自己爭取到一種永恆。如果，可以委身於那一片壯麗的話。旅人這麼想。

一個旅人很難盤算他的下場。旅行如同人生，大半時候，旅人無法預期有什麼事物將在旅途中等著自己。還是願意出發的旅人，也許出自勇敢，也許因為無知，也許身不由己，總之，他都已經上路。期盼著，到了終點，會有另一個新的起點、另一趟新的旅程等著他。

而，那是一趟不曾有旅人返回的旅行——我想起那雙眼睛，她究竟看到了什麼？

一個星期後，來台灣渡假的空服人員收假回法，行前打電話，告訴我，「假使妳有興趣知道的話，我可以告訴妳，後來那名女乘客死了。事實上，她在飛機上即失去生息。她和她先生去歐洲度蜜月，從巴黎回台北，離台北還有一個小時航程時，她稱人不舒服，去了洗手間。後面的發展，妳曉得了。聽說，她先生害怕得不得了，最後請他去醫院去確認屍體身分，他都不肯去。」他在電話另一頭輕輕笑了。

等待

旅行，是一連串的等待。

等待假期的來臨，等待存款簿數字達到理想，等待一個適合的季節，等待一個對的伴侶，等待上路，等待飛機起飛，等待著陸，等待行李輸送帶開始運轉，等待一輛像樣的計程車送自己去旅館，等待旅館把預定的房間清空然後可以登記入住，等待美術館開門，等待旅遊雜誌上大力推薦的日出，等待遊覽車將自己從一個地方送到下一個地方。

旅途中，旅人總在等待。

多少次，旅人把自己像個沒感覺的填充布娃娃一樣，塞到飛機的狹窄座位裡，隨意擱在機場的一把塑膠椅子上，或窩進火車聞上去有發霉氣味的老式硬椅座，一眨眼，就是二十幾個鐘頭甚至三天時光過去。

旅人，逐漸，被訓練成非常善於等待。他讀些無關緊要的書籍報章，所以可以隨時被打斷，立刻起身去趕飛機或火車，也學會隨時隨地、隨便一個姿勢，就能入睡。他能微笑跟陌生旅人搭訕，談談各自要前往的方向，交換對彼此家鄉的印象，卻避免觸及私人細節，因此到了分道揚鑣時能不傷感地說再見。灌下無數杯咖啡，之後，他仍均衡地呼吸，不焦慮，不急躁，耐心穩重得有如一隻剛爬上岸的烏龜，不時，抬起手腕看錶，小心翼翼計算回潮的正確時間。他一點也不介意看上去像個無所事事的白痴，蹲在暫時侷促他身心的牢籠裡，發呆，任憑時間如同不值錢的洗腳水，一桶一桶向外潑灑出去。毫不在意地。

旅人理直氣壯，吭也不吭一聲，眼也不眨。無意義消耗自身生命的方式，比任何一名決定一夕之間輸盡家產的富豪作風，都來得霸氣豪爽，來得更沒道理。四十五秒，九十分鐘，四十八小時，五天，好，給你，都給你。只要我能訪墨西哥，又能去蘇俄，還能到新疆走一走。這些時間的報酬率是如此低：兩天搭飛機，換來一天的市區觀光；來回三十小時的火車，換來一座半毀棄的城堡廢墟；深山叢林中步行一個禮拜，換來一個遺世獨立的部落；幾十天的孤獨生活，換來整個海洋的遼闊視野。

一個小說迷之所以忍受偵探小說前兩百頁的廢話，是因為他要知道究竟誰是兇手。旅人之所以浪擲生命，也是為了嚮往一個答案。他以為，透過持續的等待，他就能在地球的一個遙遠角落，找到他想要的解答。而旅人是如此容易滿足。到了目的地，只那麼一眼，他已經覺得豁然開朗。有沒有答案，相對地，都變得不重要。

等待果陀，本身就是一種樂趣。虛無，是每一個旅人必備的隨身行李。當等待成為一種習慣的當天，我發現我正在旅行。

機場

機場，最自由也最不自由的現代空間，一個最具全球化代表的地點。

比電插頭更規格化，比計算機語言更一致，機場完全超脫了國族文化的痕跡，服膺無人性的機械文明法則。無論在芝加哥、吉隆坡、倫敦、杜拜或是加爾各答、新加坡、台北、約翰尼斯堡，所有機場都使用相同的語言、相同的規範，有著相同的建築功能，為了相同的目的：讓你抵達，讓你離開。

在這裡，如作家J．G．巴拉德所說，飛行去除了階級與國籍的差異，在出境大廳，不論誰都只是一個個準備流動的人類。

機場，現代文明的具體表徵。為了讓人順暢地滑進滑出每一座城市，機場建造的原則緊貼現代生活的特質：無名，無性，高科技，光滑，講究動線，速度，連接世界。它注重提供舒適，嶄新而光潔，力求愉悅。當人們看到機場，想到了飛翔，離開，未來，與無限可能；機場引人興奮，因為它代表了通往另一個新鮮領域的管道，那裡的一切都將不同於自己庸俗而刻板的生命。人們如此被機場深深吸引，彷如法國導演楚浮電影《柔膚》裡那名中年男作家，不由自主地瘋狂迷戀上年輕貌美的空姐，不惜毀譽拋家，也無法自拔。那是一場刺激又無助的感官冒險。

是的，為了尋找刺激，我們不惜讓自己處於無助。在機場，我們主動繳械投降，順從而聽話，遵循每一個指標，服從每一次廣播命令。我們變成孩童，等待他人領導我們，教育我們，照顧我們。我們不再有責任，不再作主，只是聽從。海關叫我們拿護照，我們就拿護照；航空公司說不可以帶這只箱子上機，我們頂多嘆息，也許躁鬱，或者抱怨，但，我們絕對會放手，將箱子留下；安檢人員要求我們打開手提袋，裡面有各式各樣私人用品，甚至有幾項會讓人臉紅的物品，我們毫不抗拒讓他們瞧個究竟；若是他們對我們搜身，摸到不該摸的部位，我們想要抗議，還沒張口，已經轉念認為他們其實很有理由對自己這麼上下其手。

進了機場，在出發地與目的地之間，旅人是沒有自主權的成人。這是一種管制，也是一種放任。放任的原因是我們不再擔負任務，我們可以完全依賴別人來打點我們。我們被容許懶懶散散，無需思考，像個傻子走動。去除了日常生活的義務，我們尚未起飛，已如飄浮於雲端般自由自在。機場之所以散逸自由的氣息，也因為代表了夢想。在機場，無論是離開或剛剛抵達，都有一個未知數在外面等待我們。機場本身就是一個中性的存在。在兩點之中，當旅人身在機場，他就仍游移於前往與抵達之間——什麼事都還沒有發生，什麼事都有可能發生，生命依然留有餘裕供他繼續幻想，不久的將來，一切都會因為他的移動而有所改善。

然而，機場也是全世界管制最嚴格的地方。既是為了飛行安全，也為了所謂的國家安全，他們總是想要知道你是誰，從哪裡來，要往哪裡去。在他們眼裡，任何在機場遊蕩的旅人都是潛在的恐怖分子。他們覺得有必要監控你，確定你不會給大家帶來麻煩。

在機場，旅人明確遭到嚴格管束。沒有任何地方比機場更虎視眈眈關注每個個體的動向。當我們旅行時，介於兩地之間的機場是國家疆界確切存在的所在，那些嚴肅方正的海關櫃台就是旅人要面對的國界。若你無法提供有效的旅行證件，機場剎那成為全世界最充滿敵意的場所，令你感覺無助，孤獨，羞辱，異常恐懼。你不知道該怎麼辦。你只知道出生是一項錯誤，出門是另一項更大的錯誤。

只要一些些小誤失、一點點步驟做錯，一個原本高高興興出發的旅人，將終生墮入一個深不見底的黑洞，再無法爬出來。

法國戴高樂機場即有一個著名的永恆旅人。他原本是伊朗人，在比利時申請政治難民身分，卻在抵達法國之際，掉了身分文件，因而被困在那棟水泥建築物裡整整二十幾年。他進不了法國，沒有國家可回去，也去不了其他地方。他住在第一航廈的漢堡王和比薩店之間，告訴每個路人自己的遭遇，並靠通訊而取得了歷史、經濟及商業管理三個學位。當他的親身經歷被美國導演史蒂芬·史匹柏改編成電影，他也不能趕往首映典禮。他離不開他的機場。到後來，他不想也不敢離開。機場成了他唯一認識的家。

小說家安東尼·伯吉斯寫過類似的故事，故事主角不是政治難民，只是一個厭倦生活的中年鰥夫，渴望漂泊。他於是故意遺失護照進行一趟無終點的旅行；沒有目的地，旅行就不會結束。他就這麼活在一種無盡的期待之中。作家寫他最後被用輪椅送出了機場，去了一個「他假想中的目的地，那裡無需護照也能入境」。

二十一世紀剛開始的那一年，紐約九一一事件發生，衝擊了人們對全球旅行的想像。搭機人數劇減，安檢關卡前所未有地複雜，機場餐廳的廚師們不再拿刀做菜，奶油抹刀是他們最鋒利的器具；女人不能再穿鞋跟如鋼針的高跟鞋上機，男人不可以帶刮鬍刀上天，小孩最好把玩具槍留在家裡，長相不對的人基本上就不該離開家門。

在倫敦機場，出境不需要經過關防，只要檢查行李即可。一個美國女人有點不滿地跟友人抱怨，連護照都不看，希斯洛機場的安檢工作未免太鬆懈。此時，旁邊一個白髮老先生低低地說了一句，「沒有危險，哪稱得上出門冒險？」接著，他對我眨了下眼睛。

我們為何旅行

　　女同事交給我一份工作，隨口提起她將前往一個我常駐的城市旅行。我答應為她畫張地圖，供她遊覽。三個小時後，她滿臉興奮跑來找我：「怎麼樣？完成了嗎？」我疑惑：「不是後天才是期限嗎？」

　　「不，不，不是工作。我指的是那張地圖，」她認真而嚴肅地說，「我期待這個假期很久了，希望能夠在出發之前準備周全，務求每一個旅行細節都盡善盡美。我不想到了那兒，什麼該做的都沒有做，人就回來了。」

旅行就是工作。

假期不再代表躺在沙灘上，讀一本書，任由陽光親吻全身肌膚。假期不再意味著休息。假期是一個休閒概念，旅遊則是一項落實休閒內容的課業。

休閒，是經過精心安排的假期，計畫過程講究精密，要求充沛的研究精神及嚴格的執行意志，幾乎跟工作一樣勞心勞力。假設一個人打算去印度渡假，並不是把人丟上飛機，到了那兒就晃蕩、喝茶、發呆，然後回來，也不只是為了一點點令人迷惑的異國情調。旅人期待在有限的假期內，得到他盼望已久的「奇特經歷」。每分每秒，都要過得充實驚奇；沒有教育價值，也要有娛樂效果。既然去了印度，為何不去拉基斯坦邦的拉塔哈姆泊爾，近距離觀看野生老虎漫步於湖畔的古堡廢墟？為何不去喜瑪拉雅山搭直升機，來一趟空中滑雪之旅？這些偉大浪漫的旅遊念頭，都得透過事前規畫，藉助專業外力如旅行社、旅館業、當地導覽、交通事業，才能圓滿達成。

假期不再是休息，而是勞動。

人類開始如此熱衷安排設計假期，與我們越來越無法全面掌控自己的生活有關。如美國學者理查．桑內特所犀利指出，科技與經濟的發展削弱了人類生活的「敘事性」。敘事性乃是生活中的延續感：事件，像一群優美的有機體，彼此連接，吸收養分，互相繁衍下去。生命中任何事情均能找到來龍去脈，互為因果。新的世紀裡，生活是一連串短暫發生、閃爍不定的斷簡殘編，而不是一本前後連貫、完整有序的書。

現代經濟體制裡，工作的變量影響人際互動，因解雇、離職、轉業，人們的社會角色隨時更動，無法建立長久持續的關係。生活，不再安定平淡，不能恆久如常。於是，專屬私人領域的生活區塊，如假期，成為人們能真正控制的少數生命切面。

當假期搞得越來越像工作，同時，人們的職業生涯卻越來越像旅行。我們是工作上的觀光客，總是從這份工作旅行到下一份工作，我們累積工作資歷，就像我們累積飛行公里數一樣，飛得越遠、越多，履歷表上就越洋洋灑灑。

對現代人來說，保持流動是優勢。以前，年輕學徒為了當一名麵包師傅而加入麵包坊，他們學做麵包，要做一輩子。如今，在麵包坊工作的年輕人只要懂得用手指摁按鈕，啟動麵包機器，不需任何辛苦訓練。他們往往只是短期打工。計程車司機、餐廳服務生、股市交易員、媒體記者、眼鏡行職員、廣告公關專員……，許多人會告訴你：「我不會一輩子吃這行飯。」這個階段，不過是下個階段來臨之前的過渡期。

固定是限制，停滯是恥辱。移動，表示新契機的源源不絕，是一種值得嚮往追求的人生。目的地不重要，重要的是離開。現代人沒有地圖，有的是莫名念頭，在心頭隱隱發癢。

我要旅行，明天就走。

二十世紀七〇年代，英國哲學家羅素便預見，現代人最主要特徵就是他的流動性格。人的生命能擁有深刻內涵，通常是當他在一個地方駐紮很久，與一群人共同工作生活，逐漸與社群發展出牢不可分的連續歷史，從而得到精神上的支持與意義。但流動是一股無法抵擋的潮流。對人類來說，流動是強烈的誘惑，不僅因為好奇，渴望新鮮，更因為經濟因素，因為容許流動的市場通常是較有效率的市場。人們願意為錢移動，哪裡有經濟刺激，他們立刻動身前往。

旅行仍然滿足人對「新」的渴慕。我們居住的世界鼓動我們不斷追求新鮮事物，新一季服裝、一部新電影或一個吃飯的新地方。我們換工作，因為我們再不能長時間在同一個辦公室做同一份工作。專業上來說，如果一個人能克服未知的勾引，他將因長期耕耘同一區域而獲得信譽，他的經驗人脈將為他帶來實質的收入。但人們還是一再離開他們的工作，只因為他們想要體驗新事物，結識新面孔，塑造新自我。

做同一份工作並不值得羞恥，規律無變化的工作也未必是壞事。進入工業時代，這概念卻變得難以忍受。如果你是一個人類，似乎就不該從事單調、一再反覆的活動，因為那是機器做的事情。我們討厭不斷做同一件事，實在無聊，我們會說，浪費生命。如果我們去同一間飯館吃飯，只消幾天，我們就膩了。如果我們住在同一座城市太久，我們就會想要逃走，我們無法安定下來。我們旅行，為了滿足持續不斷囓咬我們內心的那份衝動。我們努力工作，安排事宜，為了讓旅行順遂，讓離開變得可能。

而當我們終能出發，當我們正在旅途上，我們並不放鬆。我們打開手機，忙碌使用黑莓機，害怕同事不能正確記下我們的旅館地址。

旅途中，我們仍然繼續工作。

我們還能夠如何旅行

這是一個旅遊過剩的時代，他們說。旅遊變得太輕易、太舒適、太頻繁、太理所當然，有智之士出來宣告旅行的死亡。

第一次被旅人踏上的異地，總是最珍貴的旅遊國度。因為該國度仍依他們自己的生活方式生活，不曾被外界干擾，也還不懂得如何迎合旅人的胃口，好賺取對方荷包的錢財。旅人也還未有機會在該地建構自己的旅遊系統。

站在香港中環，貝聿銘的中銀大樓和諾曼・佛斯特爵士的滙豐銀行，緊鄰一棟香港長江集團李家的新建築。腳下踩著廣場水泥地，兩個地鐵出口，立法院古色古香的建築還在，鼻子聞到海風味。卻找不到維多利亞港。

「舢板和三桅船去哪裡了？」失望的旅人問。

他們在香港仔。付港幣七十元，他們會載你遊港灣一圈，時間長達二十分鐘，如果有興趣吃頓傳統海鮮，他們會放你在那家停泊海中的海鮮樓畫舫。畫舫金紅攙綠，俗豔熱鬧，滿足旅人對舊中國的想像。

文化，變成旅人最新的救贖。

當再沒有新大陸或新島嶼可以讓旅人以自己名字命名，發掘星球的權力又只是屬於少數菁英科學家的昂貴特權時，我們開始討論文化。生態之旅、文化深度旅遊、民俗之旅等。新概念被提出，為已經山窮水盡的二十一世紀旅遊尋新的生路。

你可以：去以色列的集體農場生活三個月，包含機票大約美金三千元；前往德國南部巴伐利亞村落消磨一個夏天，團費只要新台幣七萬五千元；到英國牛津大學暑期進修，註冊費連生活費大概新台幣三十萬；上中國河南少林寺打拳，一個月六百元美金；去紐約東村的戲劇工作坊練肢體，兩個月課程，學費美金三千元；窩在日本京都的溫泉旅館，著和服穿木屐，一個晚上一萬五千日幣。

你也可以：照切瓦拉當年騎機車的路線認識拉丁美洲；走訪海明威在巴黎廝混的地點；依亞歷山大大帝擴展帝國版圖時的痕跡去遊馬其頓；躺在南中國海的一處小島，聽著村上春樹小說裡提過的爵士樂。

在現代旅遊系統中，文化經驗是一種商品。文化，一如旅人腳上所踩著的運動鞋，可以被複製、量產，拿出來公開展示，標上價錢，販賣給任何遐想異國情趣的人。懷舊的旅人，傷感追憶過去的黃金時代，任何事物冠上「文化」二字，必定無價，高貴，獨特，不可褻瀆。但，正如所有傳說中的黃金時代，旅人的黃金年代也已經逝去，遲來的現代旅人只能面對墮落後的世界，學會認知如今的文化之旅如何成為李維史陀最大的夢魘。

機械時代裡，文化經驗能夠一再複製。曾經，文化需要一整個民族及許多世代的生命投資，經過時間的緩慢演進，經驗分享與傳承，現代的資本與技術使得文化情境的重現變得輕易快速，而且能經得起大量生產。

就某方面，你能說旅行就像電影。如果，在西元兩千年的好萊塢，人們為了拍一個關於羅馬帝國時代的故事，能夠重新製造出一個羅馬競技場，縫製許多當時的服飾，打造羅馬戰車武器，這項技術同樣也能被應用在旅行這件事上。台北的華西街夜市，新加坡的舊碼頭觀光區，東京的淺草寺街市，經過人為方式規畫，販賣舊有文化的食品、用具、紀念品，和負責繼續營造一種舊時代的氣氛。

許多城市保存文化，不光出於對傳統的尊敬，也出自經濟因素。因為，文化是一個城市最大的觀光資源。強調該地文化豐富，歷史如何悠遠，又與眾不同，以及揉合多種文化，成為城市觀光的新趨勢。走在新加坡，如同走在迪士尼樂園的世界館，一個以文化為主題的樂園，看見印度寺院與中國廟宇擺在一起，幾條街之遙，旅人便從英國殖民風味的老旅館轉到了回教風格的阿拉伯街。在這裡，文化被當作樣板展示在大街小巷。新加坡旅遊的廣告用語是，「新加坡，將所有南亞文化放在你的掌中」。

人們對旅行的渴望，如同對電影的興味。大眾希望假借短時間的時空錯覺，得到新奇的經驗。即使大眾很清楚該時空的虛假性，但是，大眾對旅行的期待，並不全然出自教育需求或為了追求知識。而是娛樂。如同大眾與影評人的差異，影評人將電影視為一門藝術，因而講究電影需形式與意涵並重，並期待每一部電影都應該要有自己的原創性。大眾雖然也意識到這些要求，但是，絕大部分時間，電影對他們來說是一項消遣。

現代大眾不僅是要求被娛樂，而且由於他們的娛樂經驗如此豐富，對於娛樂已經有一定想像。他們不只要看電影，他們還會特別指定電影的形式及內容，間諜片、文藝片、動作片抑或是災難片。能夠看到他們想看到的——某個特定明星或時代背景或故事結局，才是最重要的。當他們走進電影院的那一刻，他們已經預期自己要看到什麼。甚至，他們是為了那個預期心理才花錢買票進戲院。如果他們無法按照他們期待的方式被娛樂，他們會憤怒失望，要求退票。

這是為什麼每一個遊客到了紐約一定要去百老匯看場音樂劇，在巴黎就要在香榭大道的露天咖啡座喝上一杯咖啡，在日本箱根必要泡一趟溫泉，去了羅馬就在許願池丟一個銅板。這種複製的行為，本身已是一種文化儀式。彷彿沒有完成這項儀式，旅行就不曾完整。好比，在動作片裡，沒有爆破，沒有飛車追逐，沒有打鬥，觀眾就會覺得什麼都沒看到。

文化複製之必要，在旅人的相片簿找到證據：所有遊客在羅馬的老實泉拍攝的照片，都是將手放進似人似獅的頭部浮雕口中，張大了嘴，一臉驚愕，假裝正被咬斷了掌部；到了比薩斜塔，每一個人則藉助自己與斜塔之間的距離比例，拍出自己的巨人假象，留下單手扶起歪斜中鐘塔的影像。在每一個熱門的觀光地點，都能觀察到一個景象：一個旅客正在拍照留念，而其他旅客則極有默契地耐心在旁等候，等他拍完，背景空出來，下一名旅客馬上又補上去在同一個立點、同一個背景攝相。

每一趟旅行都像一部電影，而旅人本身就是主角。我們觀賞的對象不再是旅途的風景人情，而是自己。異國風光不過是旅人的電影場景。照相機、錄影機越來越輕巧，容易攜帶，價錢降低，使得我們能將自己放到沿途經過的種種場景，記錄、觀察自己與該地環境的互動，我們回來，剪接，放映給其他人觀賞。

透過這項行為，造成私有化的現象。紐約不再是紐約，巴黎不再是巴黎，東京不再是東京，而是「我的」紐約，「我的」巴黎，「我的」東京。這也解釋了為什麼旅行書寫在這個時代大量地被製造，也前所未有地嚴重貶值。因為每一個人都能旅行，每一個旅人都有私密感受，而每一個返來的旅人都有他自己的故事要敘述。

旅遊照片，漸漸如同婚紗照片和新生兒相片，本來應該具有珍貴特質，在我們生命中占有無可取代的地位，卻淪落與其他在機械時代被大量生產的物品一樣，一旦多了，就不是那麼稀罕。所以，當那些婚紗照、新生兒、旅遊相片被拿出來展示時，當事人津津有味，活色生香地高談闊論，而訪客只是禮貌性忍耐著，不時偷瞄腕上的手錶，找機會離開。

旅行，這個概念與所有的不尋常冒險連接在一起的浪漫，不再遙遠，如今，任何一個普通人都能享用。

大部分的人停留在同一個地方出生成長老死，只有少數人能夠將眼睛落置在奇風異俗的土地上，如此年代已經過去。新的年代裡，從台北到紐約只要十八個小時，機票價位為新台幣三萬五千元，任何擁有這個金錢數目而又願意拿出來的人，都能前往紐約，製造新的旅行觀點。寫下專屬於自己的旅行故事。絕無僅有。

經驗，與個體生命的單獨存在緊密結合。每一個存在都獨一無二，每一趟旅行必定也都無法取代。重點，不是米蘭之行，重點是「我的米蘭之行」。在某年，某月，某日，和那個「我」。當時，米蘭街道的空氣味道都特別地與往年不同；「我」還記得，雨水的味道是甜的。

就像卡拉ＯＫ的發明與流行。以往只是被動站在消費線上的群眾，不再只滿足於站在台下欣賞歌星的表演，透過卡拉ＯＫ設備，與ＫＴＶ燈光效果，舞台重現，只不過這次不是鄧麗君或麥可．傑克森站在台上，卻是自己。唱到過癮之際，你也能將自己的歌聲壓成雷射唱盤，分送親友，或寄放在好友開的餐廳或書店販賣。如此，你也是一個還未被商業機制收編的另類歌手。

當然，總是可以說，因為群眾是愚昧庸俗的，他們受了商業機制的蠱惑與操縱而不自知，因為他們每天接受媒體與廣告的催眠，誤以為這樣的情境行為是代表某種創意，新的生命方式，其實他們不過消費了商人想要提供的商品。這個解釋，跟加拿大人善良到沒有個性的說法一樣，本身也已經成為一種文化定見。

我好奇的是，人性的這個部分如何變成一個商品。而，其中，人們的自我選擇權又如何發揮效用。

所以，這又回到了存在的問題。雖然，你知道你是一個獨一無二的個體，可是，你也同時知道，這個宇宙少了你，依然運轉下去。大部分的人或因為機運、或因為缺乏勇氣、或因為出身限制，種種原因，無法將自己的存在擴大成一個偉大的生命。如何證明你的出生對世界是一種必要，驅使每一個人努力變成一個什麼：也許想辦法賺很多錢，也許努力成名，也許談一場轟轟烈烈的愛情；或者，都辦不到時，我上KTV，付張五百元鈔票，在那一個小時內，在那個KTV包廂裡，我就是歌唱女皇鄧麗君。我的存在透過機械複製的情境，而能夠假借一個身分，達到現實生活受挫的自我實現。

我不僅是我，我還是我想要當的那個人。

當一個十八歲的女孩子到了羅馬的老實泉前，將她的手羞怯地放進獅口中，百分之八十的可能，她想到奧黛麗・赫本和《羅馬假期》。在那一刻，她就是奧黛麗・赫本。她就是公主。她的羅馬假期剎那間增添了夢幻色彩。當她結婚時，她所雇來的攝影小組，會將她當作鏡頭前唯一僅有的明星，拍出一捲以她為主角的影帶。影像證明了她的存在。

機械的複製能力，讓每一個人都有機會經歷一次讀過聽來的故事中主角。文化的瑰麗色彩，增添旅遊故事的價值性。為了白流蘇的一段愛情，一個城市傾圮了；為了旅人的一段旅行，一個文化拿來當襯底。君王的墮落、公主的愛情、家族的興衰、帝國的爭霸，千萬人的財富、風流、血淚、風采，濃縮在一塊背景布裡，供旅人剪裁，造就一段精彩有味的旅遊故事。

遺憾的是，機械複製的文化之旅，終究要像一張梵谷《向日葵》畫作的明信片，一只希臘街頭小販叫賣的仿古單耳陶壺，一把現代印度人做出來的古代西塔琴，買的人歡天喜地，但，總有人會跑出來告訴你，那些東西其實根本沒有價值，它們的唯一用途就是證明你那無藥可救的品味，及大眾商業系統的確無所不在。

而，文化，跟旅人之間的關係，在機械時代裡注定是重複的，缺乏創意的，虛假的，廉價的，以及媚俗的。

唯一慶幸的是，告訴你這項事實的人，也逃不過媚俗的命運。因為，這個時代不僅是你的時代，也是他們的時代。是我們共同的時代。

恆河的一束光

當我站在恆河河畔，與千人等待太陽射出第一道光束，從出生便伴隨我的那份孤獨感，隨著柔和曙光，消融於寬廣河面之上。河水悠悠流淌。我於是明白，創造幸福才是一個人出生的原因。不只是渴望幸福，不只是追求幸福，那都只是為了己身的快樂，卻不是生命的目的。

一個人出生，不是為了自己，而是為了這個世界。

一九五〇年，海明威跟朋友說，如果你夠幸運，年輕時住過巴黎，此後餘生無論你去到哪裡，巴黎都將跟著你，因為巴黎是一場流動的饗宴。我個人的幸運是當我見到印度時，尚有青春，心靈還有很大空白讓印度進駐，深深改變了我對生命的體悟。從此，我去到哪裡，印度始終跟著我。即使我再踏上海明威的巴黎，我背後的行囊裝著的卻是恆河的晨曦。

我非玄奘，沒動過取經念頭，也不是英國海軍，不曾想像奪取資源。我去了印度幾趟，身分都是一名隨波逐流的普通觀光客，毫無特定想法。一下飛機，印度獨特氣味撲鼻而來，隨即感覺到有個所謂靈魂的東西在體內強烈震動，許久不歇，一直到旅途結束，回到家裡，躺在浴缸，都還有那股類似暈船的搖晃感。

當我旅行到久負盛名的瓦拉納西（Varanasi），在那些彎曲窄巷見到已經打算永久不回家的西方嬉皮，我開始有點理解他們的瘋狂。然而，我仍不明白這種瘋狂有多麼真實，直到隔天清晨，隨眾人站在河岸階梯看著燦爛旭日從另一頭升起。昨天落日之前仍因乘載太多凡間悲苦而汙濁骯髒的恆河，在淡淡晨光之下剎那顯得潔淨無邪，閃著珍珠光澤。

所有人衝進河流，把水潑上身子，去吧去吧，所有的遺憾悔恨痛苦執著邪惡，去吧。我們痛恨的這個世界跟自己活在其中的人生，透過洗滌這麼簡單的動作，就輕易換來了重生的機會。烏鴉在天際盤旋，等著吃盡焚化場沒燒乾淨的腐屍。我頓悟，人生不過是一場每天不斷復甦重新來過的過程。

巴黎給了海明威一生夢想的浪漫，瓦拉納西賜與我看著人生盡頭依然充滿希望的勇氣。

盡頭

旅行的時候，總有那麼一刻，你以為，你再也回不去那個你熟悉的世界了。

你以為你就要被留在一個不見得充滿敵意但也並不很親近的一個陌生環境，周圍或美或醜，都與你無關。

你知道你被遺落了。如同那些在旅行中被用盡或視為無用累贅的物件，被丟落在旅程中途。沒有人會記得究竟是棄在哪一個城市，就算想起城市名稱，也無從找起。

旅程繼續。你卻靜止在一個毫無輕重的角落，無聲無息地腐爛消失。

奇怪的是，每每都是這種應該是心痛害怕的時刻，我的內心深處卻有一種終於平靜的感覺了。

他說，「等一等。」我於是一個人站在偌大蒼穹之下，視線以內不見人煙，只有無窮盡的玉米田，混雜大片的黃色向日葵。風，寂寥。雲朵顯得遙遠。

我張開雙臂，閉上眼睛。過去的一切，曾經像笨重的行李袋，掛在我背上，跟著我走到了盡頭，正紛紛剝落而去。

後記——我和我的小獵犬號

一開始撰寫這些看似關於旅行的文章，一些讀者以為我真是太政治不正確，又太憤世嫉俗了。因為，我談到了疆界和離開，表達對時下流行旅行觀念的質疑，也悲觀地認為文化在旅遊市場上逐漸櫥窗化，成為一種媚俗的商品，雖然我自個兒一點也不反對商業化這件事。

關於這些評語，我雖有點被誤解的難過，卻很習慣，習慣到我自己都不習慣的地步。我向來以為自己是「政治太正確」了。我受教育的歷程、就讀的學校、成長的社會環境、閱讀的書籍、交往的朋友，給了我太多這方面的訓練，無形中成了束縛，很多話在出口之前，我的大腦已經反覆否定再否定，因為，我很清楚，那是不符合主流思想文化的一種說法。我以為，政治正確是我個人思考深度上的一大限制。

然後，我毅然決然展開我個人想像中的旅程。因為我以為，所謂的「政治正確」在現代社會鋪上了一層思想地基。從這個思想地基，人類可以如何繼續增建更精雅考究的建築，是勢必要往前跨出的一步。而，如何真正在現實中實踐這些激情的思考，也是非常艱難卻必定要試圖去做的工作。單就思想成長來說，就算一些觀點，目前來說是政治正確的，我們能怎麼挑戰自己，再往前思辯，不以目前的思想高度為滿足，我們還能怎麼樣再調整我們觀看世界的角度，我們還能如何再提出充滿原創性的詮釋，是每一個當代人對文明的義務。

因為，今日的「政治正確」，是先人挑戰當時的「政治正確」，累積新思想而成的。如果伽利略不挑戰當時的教廷，如果當時人民不質疑貴族的特權合理性，如果女人一直滿足於自己是第二性的說法，那麼，今日我們仍活在一個封建天下，依舊相信地球是一個四方形，無限制的漫遊將觸及邊緣而掉入萬丈煉獄，而身為一個女性的我，大概還裹著小腳，也不可能出門旅行，還有機會坐在電腦前寫作。這段從 A 到 B、從 B 再進到 C、C 之後還要前往 D……的不斷文明過程，是我個人非常好奇、渴望學習而希望探索的。

是的，這就是旅人的精神。

世界如此大，旅人不會滿足只停駐於一個城市，他總是還想再往前走，試圖拜訪一些從來不曾親身進入的城市，盡量在一座高山之後再登上後面那一座高山，在地圖上畫出來或沒畫出來的地方尋找一條河流順流而下。他充滿熱情，無知卻勇敢，為未知所吸引，準備以各種方式擁抱這個世界為他提供的任何一項驚奇。任何一項。

旅人相信，每一個新的立足點，都能帶來新的視野。在我那小小宇宙之中已經理解的事物知識之後，我依然渴望被衝擊、被震撼、被激動、被感動。

在抵達腦海中所設定的目的地之前，旅人永遠馬不停蹄。

如此動機驅使我在一些似乎理所當然的既定知識面前，像一頭固執甚至有些愚蠢的山羊，即使知道對面是一面堅硬的石牆，仍大膽用我頭上的山羊角硬生生去撞擊。

一個新世紀的旅人，注定要在一個已經過度被解釋、過度被觀看、過度被探索的世界中出發。面對令人望而生畏的舊旅人知識經驗，擠在已經夠擁簇精彩的思想大廳裡，新旅人仍奢侈地冀望自己能擁有看見新世界的幸運。

旅行迄今，我還只是在重複前代旅人所走過的路徑。但，我把情勢看得很清楚，那就是：無論我能否安全抵達我的目的地，我都已經回不去了。像一個離出發地太遠的旅人，一路走來的旅途風光開啟了我的眼睛，旅途上發生的事情翻轉了我的思想。情願不情願，我都已被動或主動地受過一些洗禮。我看待事物的方法，永遠不會再是留在原地的我的天真目光。我仍然相信我從前相信的一些道理，但是，我試圖接近這些事物的方法將比過去更深沉複雜。

見過撒旦的人，或許因之墮落失足，或許不改其志，然而，無疑地，他都將對上帝形成一套新的看法。

二十二歲的達爾文跟隨英軍海軍艦艇「小獵犬號」環繞世界一周，四年後回到英格蘭，達爾文已經沒有辦法再像從前乖乖站在《聖經》的面前，接受上帝花了六天創造世界而一場大洪水曾經摧毀世界只有諾亞方舟保存的動物活下來的說法。他注定要問那個所有人類都問過的一句話：「我從哪裡來？」且，使用他自己的方式，就像哲學家透過哲學、生物學家透過基因、神學家透過神學、文學家透過文學、藝術家透過藝術，去調查他認為的真相。

旅行勾起旅人想要進一步瞭解世界的慾望。

如米蘭·昆德拉描述的，有時候，世界會像一幅美麗的畫突然從中間裂開一條縫隙，透過這條裂痕，你見到，有另一個世界其實存在於你眼前這個世界的後面。你平時看不見，也絲毫意識不到另一個世界的存在。因為眼前這個表面世界一向是如此平整穩定，完美無瑕，占滿你望出去的視野。可是，那條醜惡嚇人的裂縫破壞了表面世界的完好。透露了你所不曾注意的訊息。它讓你見識了你以往完全不可能想像你會見到的景象。

它證明了你所存在的世界不是唯一的世界。你的觀點不是唯一的觀點。你自以為是的道德標準不是放諸四海皆準的。而你一直安心倚靠的知識其實是可憐而狹隘的。

而每一個旅人都是不甘受限於那些既定遊戲規則的人類，時時渴盼從熟固僵化的環境抽身，總有一天，都要搭上自己的「小獵犬號」，揚帆出航，去發展自己對世界的一套解釋方法。

藉由旅行於更遙遠的地方，見識更美好的事物，接受更深刻的人生體驗，旅人期待，成為於思想、於靈魂深度、於美學感受、於人性而未必在政治方面更正確的一個人。因為政治價值有時候會改變，有些更深層的人性價值卻是會跨過時光、歷史、疆界和歧見，為在過去、現在、未來到世上旅行一趟的每一個人類所共享。

如果能夠選擇，我冀望，自己成為一個人性上很美好的旅人，未必是一個政治上特別正確的旅人。

我對旅行價值的高度推崇即在此。旅行，給了一個極度珍貴的機會，讓我可以暫時獨立於撫養我、教育我、灌輸我的一個社會，冷靜清醒地當一個旁觀者，做屬於個人的思考。從那些框框條條的世界鷹架中脫離，站到外面，看仔細自己一直蝸居的大樓究竟外觀如何，透過那些窗戶觀察人們都怎麼生活相愛，並從攀延在外的那些水電線路，摸索理解這個世界如何牽連又相互運作、既共存又相斥的複雜關係。

旅行讓我能逸於主義、書本、教條之外，當一個試圖澄清自己思路的人。這對一個一直依賴書本給予知識的書呆子來說，是最重要也最美好的一件事。

在望見表象世界後的另一個世界之後，我不知道還有沒有再一個世界躲在更後面。而，這正是旅行刺激迷人的地方。作為一個卑微的旅人，我沒有能力詮釋我旅行過的世界，我只能洞察、記錄、理解，試圖參與，像其他旅人一樣，真實描述我所見到的世界。在顯然動態的旅行中，釐出靜態的時空，找尋自己能夠信賴寄身的價值；並，為了能夠像一個旅人般擁有獨立思索的自由，而感謝上天。

旅人

Traveller

作者｜胡晴舫

總編輯｜富察

責任編輯｜洪源鴻

企劃｜蔡慧華

封面設計｜ Rivers Yang × Aaron Nieh at 永真急制

內頁排版｜虎稿・薛偉成

社長｜郭重興

發行人兼出版總監｜曾大福

出版發行｜八旗文化／遠足文化事業股份有限公司

地址｜新北市新店區民權路 108-2 號 9 樓

客服專線｜ 0800-221029

信箱｜ gusa0601@gmail.com

傳真｜ 02-86671065

Facebook ｜ facebook.com/gusapublishing

法律顧問｜華洋法律事務所／蘇文生律師

印刷｜成陽印刷股份有限公司

出版｜ 2018 年 01 月　初版一刷

定價｜ 350 元

歡迎團體訂購，另有優惠。

請電洽業務部（02）22181417 分機 1124、1135

國家圖書館出版品
預行編目（CIP）資料

旅人／胡晴舫著／四版／新北市

八旗文化出版／遠足文化發行／ 2018.01

ISBN 978-986-95561-5-6（平裝）

855　　　　　　106021572